CONTRAPONTO

Sandoval Assef

Contraponto

1ª Edição
POD

KBR
Petrópolis
2013

Edição de texto **Noga Sklar**
Editoração **KBR**
Capa **KBR s/ arquivo Google**

ISBN **978-85-8180-209-1**

KBR Editora Digital Ltda.
www.kbrdigital.com.br
www.facebook.com/kbrdigital
atendimento@kbrdigital.com.br
55|24|2222.3491

FIC027020 - Ficção Contemporânea

Sandoval Assef é advogado e escritor. Nascido em Patos de Minas, vive atualmente em Belo Horizonte. Na literatura pratica gêneros diversos, da poesia à prosa erótica, sendo sua obra marcada pela ousadia e controvérsia. Autor, entre outros romances, de *João Preto, Contraponto* é seu primeiro livro publicado pela KBR.

Email do autor: sandoval_assef@yahoo.co.uk

Para Rosiane, com amor

Sumário

Parte III

PARTE I

1.

— Eu não traio. O que eu faço tem explicação. Quando saio para meus encontros, como agora com você, tenho minhas razões. Uma delas é dar felicidade ao meu marido. Se eu não fizesse isso, não suportaria viver com ele. Mas a pecha de "adúltera" eu não aceito. Isso seria motivo para que eu me matasse. Por isso, sou discreta. Dificilmente alguém descobriria o que faço. Tomo meus cuidados.

— Mas...

Pedro Quintana tentava interferir, embora atento ao trânsito, dentro do túnel, em direção à Barra da Tijuca. Suzana continuava falando, como se temesse ouvir alguma observação que cheirasse a preconceito ou que Pedro fizesse uma pergunta inoportuna:

— Eu não traio. Pode acreditar. Tenho meus encontros para continuar disposta a tratar bem meu marido, suportá-lo, continuar vivendo em paz, casada e mãe de dois filhos. Ele me adora, sei que ele é feliz. E fazer alguém feliz é uma forma de ser feliz. Estaria mentindo se dissesse que sou infeliz. Na verdade, meu marido não me entende. Sou sensível, mas ele não sabe me apreciar. Nunca disse que sou bonita nem que sou sexy. Toda mulher precisa ouvir isso de seu homem, todos os dias. Ah! Ele é instável também. Calmo na aparência, mas fica irritado sem que haja motivo. E não é atencioso, embora seja um bom homem. É trabalhador e inteligente. Essas qualidades me ataram a ele. E, acima de tudo, me respeita, como eu também o respeito. Tanto é verdade que jamais admitiria que alguém não se convencesse das razões que eu tenho para agir assim. Não suportaria ouvir reprimendas.

Já estavam chegando ao motel, escolhido por ela. Suzana não parava de falar. Queria conhecer o motel, saber como era por dentro. Já ouvira falar sobre suas instalações. Queria ver se a banheira de hidromassagem era realmente como tinham dito suas amigas que já o conheciam.

Pedro Quintana Jardim aquiescia a tudo que ela pedia. Há muitos meses esperava pelo encontro com Suzana, e não seria por causa da escolha do motel que estragaria o prazer do primeiro encontro com sua colega de faculdade.

Foi um encontro deliciosamente intenso. Muito melhor do que Pedro imaginara. Suzana o surpreendeu, sua feminilidade e desempenho foram muito além de suas expectativas. Foi carinhosa e receptiva aos primeiros carinhos e não demorou a acompanhá--lo no primeiro gozo. Depois, viu-a mergulhar na banheira e se deliciar com a água, borbulhando sobre seu corpo moreno. Não imaginava que fosse tão bonita. Sabia que tinha dois filhos, mas seu corpo não mostrava dobras na barriga e as pernas eram imaculadamente lisas. Esperava que ela tivesse estrias espalhadas pelo corpo e veias salientes, marcas naturais em uma mulher que já enfrentara duas gestações. Suzana superava tudo o que ele pudesse ter imaginado.

Pedro Quintana era habituado a mulheres bem mais jovens. Suzana devia regular com ele em idade, pouco mais de trinta anos. Pedro estava com trinta e oito, mas já calejado na vida. Não tivera coragem de se casar. Tornara-se um solteiro convicto. Não usava o termo "solteirão", que soava mal aos seus ouvidos, pois dava a impressão de homem que não gosta de mulher, e ele sempre gostou de namorar. Conheceu muitas mulheres e teve muitas namoradas. A praia de Copacabana, no trecho defronte à Figueiredo de Magalhães, era seu recanto preferido. Quando achava que estava sendo muito visto, fugia para a praia do Leme. Gostava de Copacabana e raramente ia até as praias de Ipanema e do Leblon. Quando desejava curtir uma praia mais distante, preferia a da Macumba, no Recreio dos Bandeirantes, pequena e com poucos frequentadores. Quando conseguia se desvencilhar da loja no meio da semana, era para lá que fugia. Levar namorada à praia não era do seu agrado. Gostava de ir sozinho. A oportunidade de conhecer outras pessoas o motivava. Quando sentia que o namoro estava se prolongando, dava um jeito de escapar. Interrompia os encontros de maneira educada.

Com Suzana, porém, tinha sido diferente. Ela era uma mulher inteligente, o que o encantava. Sabia defender suas ideias, embora ele não concordasse com seu conceito de moral, que considerava equivocado. A lógica ensandecida que ela adotava parecia adequada para acomodar seu procedimento, mas Pedro não tinha motivo para ficar se preocupando com as ideias de Suzana. Estava aproveitando o encontro e já saboreando a possibilidade de haver outros. Romance com uma mulher casada era a suprema felicidade de um homem como ele: não havia perigo de envolvimento maior, apenas encontros fugazes no meio da tarde.

Saíram do motel mais leves. Suzana havia perdido um pouco da loquacidade de antes. Pedro sentiu-se incomodado.

— Por que você está tão calada, Suzana?

— Acho que não dei o melhor de mim.

— Não entendi.

— Sou melhor do que isso. Não consegui me entregar a você inteiramente, como gostaria.

— Você foi simplesmente maravilhosa. Uma fêmea completa.

— Não fui. Sei que sou melhor do que isso.

— O que você quer dizer com "sou melhor do que isso?"

— Você entendeu, Pedro. Sou mais mulher do que fui na cama com você. Tinha feito planos de fazer de nosso primeiro encontro uma tarde de amor e sexo. Mas não consegui. Acho que fiquei chateada quando você colocou em dúvida minha seriedade. Você acha que traio meu marido, que sou adúltera. Isso me inibiu.

— Nunca falei que você era adúltera. Disse apenas que não sabia como você fazia para ser tão popular sem que as colegas de faculdade sentissem ciúmes.

— Dizer que sou popular é o mesmo que dizer que sou livre. Minhas colegas não sentem ciúmes de mim. Sentem inveja, porque sou popular no meio da turma.

— Então! Foi exatamente o que eu disse. Você consegue ser popular com todos, homens e mulheres.

— Tá vendo? Você está confirmando que acha que sou fácil.

— Que isso, Suzana! Não misture as estações. Ser popular não quer dizer ser fácil.

— Pois pra mim é a mesma coisa.

Suzana começou a chorar baixinho. Buscou um lenço de papel na bolsa e assoou o nariz. Pedro estacionou na primeira vaga que encontrou na orla da praia. Ipanema estava fervilhando, na calçada e na areia. A tarde quente convidava os banhistas para um último mergulho antes do anoitecer. Crianças com babás e idosos com enfermeiras enchiam as calçadas. Estava desconcertado diante do choro incontido de Suzana.

— Suzana, por favor, se acalme. Não posso levá-la para casa chorando desse jeito.

— Ninguém vai se importar se eu chegar em casa chorando. Já estão acostumados.

— Quem já está acostumado?

— Minha irmã caçula. Ela mora comigo e me ajuda com as crianças. Alfredo só está em casa nos fins de semana, fica na companhia a semana inteira. Somente Mariza vai me ver chorando. As crianças estão na escola. Pode me levar para casa.

— Mas sua irmã vai perguntar. Aliás, nem sabia que tinha irmã morando na sua casa.

— Ela mora comigo há muitos anos, desde que mamãe e papai morreram, lá no Recife.

Pedro se conformou. Ligou o carro e foi em direção à rua em que Suzana morava. Deixou-a na esquina. Tentou dar-lhe um beijo de despedida, mas ela recusou. Viu-a sair andando devagar, sem olhar para trás. Não esperou que entrasse no prédio. Ficara angustiado com seu choro sem motivo. Rememorou e teve certeza de que nunca dissera que ela era adúltera. Comentara na roda de colegas na faculdade, no intervalo das aulas, que ela era muito popular, apenas isso, com o que todos concordaram. Ela ouvira e lhe endereçara um largo sorriso. Foi assim que começou a amizade entre os dois.

Um dia, após a aula, ela se aproximou e perguntou se ele se importaria de dar-lhe carona por dois ou três dias. Ia deixar o carro na oficina para revisão e não queria pagar táxi para a faculdade. Ambos moravam na zona sul, ele em Copacabana, ela logo no início de Ipanema. Ele não teria que se deslocar muito para apanhá-la e no fim das aulas poderia deixá-la em casa. Pedro disse que faria isso com o máximo prazer. Suzana disse que tinha um telefone em casa só para seu uso pessoal. Ninguém, a não ser ela, o usava. Todos os dias, antes de sair de casa, Pedro ligaria e esperaria dar dois toques. Seria o sinal de que já estava saindo para buscá-la.

2.

Mariza percebeu que a irmã não estava bem. Não era a primeira vez que via Suzana chegar em casa chorando, quase sempre, depois que voltava de seus encontros, era a mesma coisa. Mas não dava opinião. A vida pertencia a ela. Por que interferir, já que ela não dava oportunidade nem liberdade para falar sobre sua intimidade? Respeitava, pois era sua irmã mais velha e de quem dependia desde que viera morar no Rio de Janeiro. Fazia sua parte, cuidava dos sobrinhos para que a irmã tivesse tempo livre para cursar a Faculdade de Direito, seu sonho de juventude, que não concretizara porque se casara com Alfredo.

Ele foi o primeiro namorado dela e de quem logo engravidou. O casamento foi a solução encontrada para acalmar o clima de guerra que o pai aprontou: "Filha minha não fica grávida sem casar. Comeu a carne tem de roer o osso", dizia, aos brados, para que toda a vizinhança ouvisse. Alfredo não se negou ao casamento. Atendeu ao chamado de Juarez Pedregoso, o futuro sogro irascível. Pai extremoso, Juarez criava suas duas filhas cercadas de cuidados. Possuía uma moral arraigada e inflexível, herdada dos pais, que preservaram a tradição de moral rígida cultivada pelas famílias do nordeste do país.

Suzana bateu pé. Não queria se casar com Alfredo, pois não o amava o suficiente para ligar seu futuro ao homem que a iniciara no sexo. O pai foi inflexível: "Ou casa ou sai desta casa. Não admito filha imoral aqui, convivendo com Mariza e minha mulher."

"Não fale desse jeito, Juarez. Suzana não é imoral. Imoral

é sua cabeça", interferiu Maria Gorete Pedregoso, mãe zelosa e esposa insubmissa.

"Você não pode falar desse jeito comigo. Sou seu marido e sei o que estou fazendo com a desavergonhada da Suzana."

"Posso falar, sim, e do jeito que quiser. Sou apenas sua mulher, não sou seu capacho, *senhor* Juarez Pedregoso. Suzana vai se casar com Alfredo se quiser. Não porque você decidiu que vai."

A discussão azedara entre o casal. Mariza tinha começado a chorar, era ainda uma menina. Suzana já completara a maioridade e conquistara algumas regalias, como frequentar festas e namorar às escondidas.

Quando viu Suzana ser ameaçada, Maria Gorete tomou o partido da filha. Gostava do marido, embora já não o amasse mais como antes. Após vinte e cinco anos de casados o amor esmaecera. Tinham se tornado cúmplices, algo mais forte do que apenas amigos. A maneira autoritária de Juarez Pedregoso não amainara com a idade, pelo contrário, se acentuara, tornando a vida de Maria Gorete e das filhas um clima de permanente desassossego. Enquanto Juarez se ocupava da profissão, tudo ia sendo levado com tranquilidade. Mãe e filhas aproveitavam a ausência do chefe da família para conversar e rir à vontade. Eram amigas e confidentes, pois isso as fortalecia para enfrentar os destemperos de Juarez Pedregoso, funcionário público lotado na Receita Estadual.

Depois que se aposentou compulsoriamente, a vida das três mulheres sofreu uma transformação radical. Juarez, não tendo mais comerciantes para descarregar notificações, multas e regras morais de comportamento, transferiu sua ranzinzice para a família. A princípio, Maria Gorete pensou que era apenas falta do que fazer, e que com o tempo o marido arranjaria algum lazer para preencher o tempo ocioso que a aposentadoria lhe impusera. Juarez sempre fora homem inquieto, mas cumpridor de seus deveres. Nunca faltara ao serviço na repartição pública. Era um exemplo de assiduidade, o que desagradava os colegas. A intransigência do fiscal de rendas chegava ao conhecimento da Superintendência por intermédio de políticos, interessados nas doações de campanha dos comerciantes autuados pelo fiscal Pedregoso, como era mais conhecido.

Para Suzana, foi um alívio sair da casa do pai. Foi morar no mesmo bairro em que nascera e crescera, não adiantou pedir a Alfredo que fossem morar distante da casa em que fora criada. O sogro parecia dominar a vida do genro e, por extensão, tutelava os passos da filha, mesmo casada e não tendo mais que dar satisfações a ele. Alfredo, por seu lado, só sabia se dedicar ao trabalho. Não interferia quando o sogro ditava ordens para sua mulher. Suzana já não suportava mais a pressão exercida pelo pai na vida do casal. Quando veio a notícia da transferência de Alfredo, ficou aliviada. Viu sua mãe chorar. Ficou penalizada por deixar a irmã mais nova sob a tirania de um pai ciumento e castrador, mas não podia fazer nada. Alfredo fora transferido para o Rio de Janeiro. A companhia de petróleo encontrara novas jazidas e precisava de engenheiros com experiência para fazer os poços produzirem imediatamente.

Quando recebeu a notícia de que o pai morrera de infarto fulminante, Suzana não conseguiu chorar. Ficou aliviada. Sua mãe e sua irmã Mariza viveriam melhor dali por diante. Mas no cemitério, chorou muito ao ver o caixão baixar à sepultura. Pensou que não sentiria falta do pai, que não derramaria nem uma lágrima. Estava enganada. Amava o pai mais do que imaginava. Por causa de sua intransigência havia se casado com Alfredo, com quem tinha tido dois filhos. Alfredo era bem-remunerado, com adicionais de periculosidade e outras regalias, como décimo quarto salário, cesta de alimentos e plano de saúde. Estava grávida do segundo filho quando adquiriram um apartamento em Ipanema, local privilegiado, onde residiam somente pessoas consideradas ricas. A felicidade estava completa: marido, filhos e casa própria.

Ainda não se recuperara do baque pela morte repentina do pai quando ouviu da irmã caçula a notícia de que Maria Gorete morrera enquanto dormia. Ficou segurando o telefone, sem forças para responder ou perguntar qualquer coisa à irmã, que não parava de soluçar. Alfredo, que também acordara, acudiu e tomou o telefone de Suzana:

— O que aconteceu, Mariza?

— Encontrei mamãe morta quando voltei da faculdade.

Ela está fria na cama. Não sei o que fazer.

— Fique calma. Não há nada que você possa fazer por dona Gorete. Nós vamos para Recife amanhã no primeiro avião. Enquanto isso, ligue para sua tia e peça ajuda. Você entendeu?

Alfredo ouviu o "sim" de Mariza e desligou. Consolou Suzana e providenciou as passagens. Quando voltaram de Recife, na semana seguinte, trouxeram Mariza para morar com eles.

3.

Suzana beijou a irmã e foi para o quarto. Quando as crianças chegassem da escola, queria ser acordada.

— Mas não quero ser incomodada agora — finalizou, antes de fechar e trancar a porta.

Precisava ficar sozinha e repensar sua vida. Não podia continuar fazendo de conta que era verdade o que pregava sobre sua fidelidade ao marido. Será que Pedro acreditava realmente que não se considerava adúltera, ou fazia de conta que concordava para não discutir? Desde que conhecera Pedro, simpatizara com o novo colega, que aparecera em sua sala no segundo ano do curso de Direito. Não contou de qual faculdade tinha sido transferido, mas tinha cursado o mesmo segundo ano ali mesmo, por quatro meses, há mais de quatro anos. Pedira trancamento de matrícula por dois anos e estava retornando. A explicação foi sucinta. Não entrou em detalhes com ninguém.

Ela não ficou convencida. Nenhum colega da turma acreditou na história. Era início de 1969, vivia-se um momento político sombrio no Brasil. Ninguém conversava abertamente sobre os militares na frente de Pedro. Correu o boato de que ele seria do serviço de informações do governo, um agente infiltrado no meio universitário para apontar dissidentes do regime.

Suzana ficou penalizada com a situação de Pedro, que, por sua vez, se afastava cada vez mais dos colegas. Às vezes, ela o via conversando com estudantes de outras turmas. Com o passar do tempo, alguns colegas foram se reaproximando, já não o viam com a mesma desconfiança. Pedro também se abriu mais. Era comerciante e apolítico. Demonstrava contida indiferença ao que estava acontecendo. Possuía seu comércio de móveis antigos, em uma rua estreita do centro da cidade. Cursava Direito para um dia vender a loja, da qual estava saturado pelas incertezas da profissão. Vender móveis antigos era bom negócio quando estes não eram confundidos com móveis usados, mas comprar era o grande dilema. Quando comprava mal, ficava com o móvel encalhado durante anos. Era preciso ter a sorte de chegar um cliente que gostasse e que tivesse dinheiro para pagar o preço de venda.

Havia, ainda, um obstáculo que amedrontava até os especialistas: a falsificação de móveis antigos, que alcançara tal perfeição que mesmo comerciantes experientes se enganavam. Ele conhecia o ramo, mas não era um especialista. O que aprendera sobre o assunto fora na prática, trabalhando com o tio que o criara. Nunca se interessou em fazer um curso sobre antiguidades no ramo moveleiro. Devido à escassa formação profissional, enfrentava dificuldades para progredir. O diploma de bacharel em Direito era sua esperança de sair definitivamente do ramo.

Quanto à vida pessoal, Pedro era enigmático. Todos sabiam que era solteiro e que gostava de namorar. As colegas ficavam arredias com sua desenvoltura quando falava sobre mulheres. O importante para ele não era saber se eram cultas, inteligentes ou ricas. Fazia questão de que fossem bonitas e fêmeas. Frisava "fêmeas" e dava boas gargalhadas. Era um debochado. Os colegas insistiam para que contasse suas aventuras, e Pedro não se fazia de rogado. Era engraçado. O incentivo dos colegas o tornava loquaz, até ao exagero.

Suzana, depois que pediu carona, ficou mais amiga dele. Foi descobrindo que o colega não era debochado como parecia. Respeitava as namoradas e o que dizia era apenas para os colegas rirem. Gostava de namorar, concluíra Suzana, mas não era grosseiro nem desbocado. Sabia ser bom ouvinte. Desde então, tinham se tornado amigos e confidentes. Daí por diante, cresceu a vontade de se verem a sós. A oportunidade de um encontro dependia apenas da vontade dos dois. As tardes eram um convite à aventura.

Pedro deixava a loja com seu único vendedor e apanhava Suzana em um posto de gasolina, no qual ela deixava o carro para lavar. Iam direto a um motel da Barra da Tijuca, onde ficavam por cerca de duas horas.

4.

Pedro Quintana já estava se sentindo incomodado com a frequência com que via Suzana. Depois do primeiro encontro, ficaram duas semanas sem se ver. Conversavam no intervalo das aulas, mas não tocavam no assunto. Faziam de conta de que nada acontecera. Um dia, Suzana falou discretamente que estava com saudade. Pedro disse que também estava. No outro dia, ele a apanhou no posto de gasolina. Daí por diante, se encontravam toda semana. A cautela dos primeiros encontros, os cuidados para não serem vistos juntos, tudo foi cedendo lugar à ousadia. Ele passou a pegá-la na esquina, próximo ao apartamento em que ela morava. No Rio de Janeiro ninguém se conhece, e as pessoas são discretas. Cada um cuida de sua vida. Não se preocupavam mais se fossem vistos juntos. Os colegas da faculdade começaram a desconfiar da amizade dos dois, que já não se importavam mais com os comentários. Assumiram que estavam namorando.

As colegas casadas se afastaram de Suzana, e Pedro se viu alijado do convívio das colegas solteiras. Não queriam ser vistas conversando com ele. Pedro Quintana estava namorando Suzana, uma mulher casada que não respeitava o marido. O disse-me-disse se alastrou para as outras salas. Toda a faculdade comentava o *affair*. Suzana, sentindo-se pressionada, pediu transferência para o turno da noite. Pedro preferiu enfrentar a situação e os mexericos. Continuou no turno da manhã, na esperança de que com a ausência de Suzana o falatório esmorecesse. Estava certo. Em poucas semanas, ninguém mais falava no assunto. As colegas solteiras voltaram ao papo descontraído com ele. As casadas mantiveram-se distantes por mais tempo. Nenhuma delas aceitou os convites de Pedro para sair. Ele resolveu que era hora de pedir transferência para o turno da noite.

Os encontros com Suzana estavam ficando mais difíceis. Ela pedira à irmã que mudasse de turno em seu curso de línguas. Precisava das noites livres. Mariza relutou, mas acabou concordando. Suzana teria que vestir os uniformes nas crianças, colocá-las no ônibus escolar e estar em casa quando retornassem. O pouco tempo que restava não era o suficiente para os encontros vespertinos com Pedro Quintana. A decisão do amante de ir também para o turno da noite reacendeu o romance. Assistiam às duas primeiras aulas e fugiam para o motel mais próximo.

Tudo parecia ir bem, até que Pedro decidiu pôr fim ao relacionamento. Para ele, o romance estava se estendendo além dos limites a que se impusera como norma de vida. Suzana não aceitou a separação. Estava apaixonada. Pedro Quintana não cedeu a seus choros e lamentos:

— Você não pode fazer isso comigo. De uma hora para outra, simplesmente diz que não me quer mais! Não sou uma coisa que você usa e joga fora.

— Você está fazendo um drama que não tem sentido, Suzana. Você sabia que eu não queria compromisso. E você é uma mulher casada. Ou já se esqueceu disso?

— Não. Não esqueci que sou uma mulher casada. Aliás...

— Não tem "aliás", Suzana. Não quero envolvimento com mulher casada. Foi bom enquanto durou. É melhor você se aprontar, pois já é tarde. Como é que você vai explicar em casa que está chegando da faculdade quase à meia-noite?

— Isso é problema meu. Eu resolvo do meu jeito. Não fuja do assunto. Eu não quero terminar. Ou meus sentimentos não têm nenhuma importância?

Pedro Quintana resolveu contemporizar. Abraçou Suzana e começou a beijar-lhe o rosto molhado de lágrimas. Estava enternecido. Será que estava apaixonado? Mas quando a deixou em casa, não a beijou como sempre fazia. Suzana desceu apressada do carro e foi caminhando no mesmo ritmo, até desaparecer na entrada do prédio. Não olhou para trás. Pedro ficou observando a amante, com o motor do carro ligado. Estava absorto. Faltava-lhe ânimo para ir para casa. Não esperava que Suzana reagisse daquela forma, sempre a via como uma mulher que não se apegava a ninguém, que queria apenas se divertir e conhecer outros homens. Nunca tinha perguntado, mas inferia que talvez o marido não lhe bastasse, ou que a relação do casal fosse insossa, o que explicaria sua insatisfação e sua busca por aventuras. Será que ela tivera muitas aventuras antes de conhecê-lo? Mas logo se perguntava: *Que importância tem isso?* Estava disposto a terminar aquele relacionamento, que não lhe convinha mais. O envolvimento o amedrontava. Pretendia um dia se casar, constituir família. Até gostaria de ter filhos. Com Suzana, nada disso seria possível.

— O cidadão está precisando de alguma ajuda?

Pedro Quintana assustou-se. O carro de polícia, com as luzes piscando, estava parado ao seu lado. O policial pediu-lhe para abaixar o vidro. Pedro Quintana procurou se acalmar:

— Não. Está tudo bem. Não preciso de ajuda. Estou indo para casa — e engrenou a marcha.

O policial desceu da viatura:

— Um momento, cidadão. Por favor, desligue o carro.

Pedro Quintana foi identificado. Teve que explicar por que estava ali parado, com o motor ligado e as luzes de estacionamento apagadas. Contou que deixara a namorada, que morava no prédio próximo (apontou onde era), e que ficara distraído, pensando na vida. O policial não se convenceu. O companheiro, que ficara ao volante, acionou a central de polícia para conferir a placa do carro e a identidade de Pedro Quintana, que, finalmente, foi liberado. Saiu devagar. A viatura o seguiu até o prédio onde morava.

5.

A sala do apartamento estava iluminada. Os dois filhos dormiam no sofá. Alfredo desligou a televisão e ficou esperando Suzana acabar de entrar e trancar a porta. Conferiu o relógio: meia-noite e dez. Olhou novamente para Suzana. Ela não esperou:

— Já sei! Quer saber onde eu estava.

— Estava preocupado. As crianças estavam agitadas. Perguntaram se havia acontecido alguma coisa. Acabaram dormindo no sofá. Mariza já está no quarto dela.

— Não vejo razão para tanto cuidado. Fui tomar um chope com uma colega que está passando por um momento ruim, na casa dela. Somente isso. Fiquei ouvindo até ela botar para fora tudo o que precisava desabafar.

— Está bem. O motivo do atraso está explicado. Só não entendo por que não telefonou para avisar. Você sabe que na sexta-feira volto para passar o fim de semana em casa. Mariza foi a única pessoa que não ficou preocupada com a demora. Deve conhecer a irmã que tem.

— Não precisa fazer drama, Alfredo. Não fico pedindo explicações quando você se atrasa.

— Porque não precisa. Aviso sempre quando vou me atrasar.

A discussão foi interrompida. Os filhos acordaram e foram correndo abraçar a mãe. Alfredo ligou a televisão e continuou na poltrona até tarde da noite. Quando chegou ao quarto do casal, já encontrou Suzana dormindo, serenamente. Ele sabia que o casamento não ia bem. Aliás, nunca tinha ido bem. Desde o namoro e a malfadada gravidez, eles viviam em constantes atritos. O casamento oscilava entre momentos de compreensão e educadas discussões. Não havia altercação grosseira. Cenas de ciúme eram raras. Ele vivia para o trabalho; ela, para a faculdade. Suzana cursava Direito como se um dia fosse exercer a profissão. Quando perguntada se gostava do que estava fazendo, respondia-lhe de forma enigmática: "Não creio que um dia você vai conseguir entender que existe beleza fora dos cálculos de matemática espacial".

Alfredo engolia o desaforo. Não queria brigar com a mãe de seus filhos. Já lhe bastavam as diferenças que os separavam na vida íntima. Não nutria nenhuma esperança de que algum dia Suzana pudesse entendê-lo. Por enquanto, bastava que fizesse aquilo de que gostava. Continuou olhando o rosto sereno da mulher, que dormia. *Uma bela mulher, sem dúvida!* Alfredo fez um breve balanço de sua vida. Não havia muita coisa a desejar além do que já havia conquistado: dois belos filhos, saudáveis e muito carinhosos, que estavam progredindo na escola e não tinham dificuldades de relacionamento com os colegas. Até onde sabia, a vida de seus dependentes, entre os quais incluía Mariza, era plena de confortos modernos. Sua vida profissional era estável e o emprego era vitalício. A companhia de petróleo protegia seus empregados. Somente uma falta grave colocaria em risco sua estabilidade, e isso nunca aconteceria. Era dedicado ao trabalho e estudara muito para ingressar nos quadros da empresa.

Quando saiu da Faculdade de Engenharia, Alfredo já sabia o que queria. Nada de aventuras na vida empresarial privada. Filho de família modesta, não pretendia seguir os passos de seus irmãos. Queria segurança e tranquilidade, mesmo que a possibilidade de ganhos financeiros ficasse limitada ao seu salário e aos bônus que a companhia oferecia. Estava satisfeito. O sucesso dos irmãos não mexia com seus brios. Não podia fazer as mesmas viagens nem comprar iates e carros importados, mas sabia que todo fim de mês receberia seu salário. A compra do apartamento em Ipanema completara seus sonhos de construir patrimônio. Estava pagando um longo e exorbitante custo de financiamento, mas não se importava. O que ganhava dava para cobrir todas as despesas, embora não sobrasse o suficiente para viajar nas férias para um país distante. Poderia ter comprado um apartamento mais modesto, em um bairro distante da zona sul, mas seus argumentos haviam sido vencidos pela posição intransigente de Suzana: "Então você acha que saí do Recife, morando perto da orla, para morar na zona norte do Rio, longe da praia? Alfredo, você não vai me jogar num lugar qualquer para eu morrer de tédio. Não acredito!"

6.

Mariza foi acordar a irmã sabendo que levaria uma bronca, mas já passava das oito horas. As crianças continuavam na sala, proibidas de ligar a televisão. Estavam inquietas. Queriam sair e aproveitar a manhã ensolarada. Alfredo havia saído de madrugada. O fim de semana dele fora suprimido para atender a uma emergência na companhia. Suzana não atendeu aos chamados de Mariza, que insistiu, chamando mais alto. Bateu na porta com força. Nada. Tudo em silêncio. Entrou no quarto, pois estava preocupada. Viu a cama desfeita e a porta do banheiro fechada. Forçou o trinco. Chamou por Suzana, com insistência. Começou a chorar e a gritar:

— Suzana, abra a porta. O que está acontecendo aí dentro? Suzana!

As crianças ficaram assustadas e começaram a chorar também. Vendo que Suzana não atendia, pegou as crianças e as levou até o elevador.

Quando o porteiro, finalmente, conseguiu destrancar a porta com a chave mestra, Mariza deparou-se com a irmã desfalecida debaixo do chuveiro. A água morna escorria sobre seu corpo nu. Procurou por sangue, adivinhando alguma tragédia. Não encontrou nada. Pediu ao porteiro que chamasse uma ambulância. Levou os sobrinhos até a sala e ligou a televisão. Gritou, descontrolada:

— Sejam bonzinhos e fiquem vendo desenhos. E não teimem comigo!

Voltou ao quarto e vestiu a irmã de qualquer jeito. Apalpou-a para ver se havia algum ferimento. Quando já estava colocando-a na cama, arfando pelo esforço, chegou o socorro. Suzana já começava a se reanimar. Não queria ir ao hospital. Estava bem.

— Foi apenas uma perda momentânea de equilíbrio quando entrei no box.

Achava que tinha batido a cabeça no ladrilho quando escorregou. Dispensou a ajuda da equipe de socorro, não atendeu aos apelos da irmã para que fosse examinada. Disse que ela mesma procuraria seu médico particular e pediu que telefonasse, marcando consulta. Diante de sua atitude firme, todos cederam.

Alfredo foi avisado por Mariza do que acontecera. Estava na área de extração de petróleo, mas ia tentar uma permissão para voltar ao Rio. Pediu para falar com Suzana. Mariza respondeu que não podia chamar a irmã, pois estava fazendo a ligação sem a autorização dela. Alfredo não insistiu, pois conhecia o gênio da mulher. Ela, se soubesse, esfolaria Mariza.

Suzana começou a chorar descontroladamente diante do médico. Não podia ser verdade o que estava ouvindo. O médico confirmou:

— A senhora está grávida — para não haver dúvidas, preencheu um pedido de exame. Tentou consolar a cliente: — Gravidez não é nenhuma tragédia. Pelo contrário, é motivo de alegria. Seu marido vai ficar exultante. Tenho certeza.

Suzana ligou do consultório para o amante:

— Pedro! Estou grávida.

— Suzana, não admito este tipo de brincadeira! Estou trabalhando e ocupado demais para ficar ouvindo tolices.

Suzana ficou segurando o telefone por longo tempo. Não sabia se chorava ou se ligava novamente para o amante. Estava desesperada. Pensou em ligar para o marido, mas não teve coragem. Remexeu na bolsa, à procura do telefone de uma amiga da faculdade. Falaria com Maria Lúcia, sua colega desde o primeiro ano, uma mulher inteligente, mãe de dois filhos, separada há mais de oito anos. Era a única colega do turno da manhã com quem mantinha amizade depois de ter se transferido para o curso noturno.

Ela sabia de seu romance com Pedro e não tinha se afastado dela quando os mexericos fervilharam na sala. Mesmo não se vendo com frequência, as duas continuaram se falando por telefone. Não encontrou o número da amiga. Agradeceu à secretária do médico e foi para casa, na esperança de que tivesse anotado na agenda. Estava angustiada, ansiosa para falar com alguém que não a repreendesse. Queria ser ouvida, aliviar o peso que a sufocava.

7.

Alfredo retornou somente na terça-feira. Chegou sem avisar e foi direto ao quarto do casal. Mariza estava no curso e as crianças, na escola. Suzana assustou-se quando viu o marido:

— O que houve, Alfredo? Você não estava atendendo a uma emergência?

— Estava, mas pedi uma licença especial. Aleguei que estava com problemas em casa.

— Que problema? Aqui não há problema nenhum.

— Eu sei. Mas eu precisava de uma desculpa.

— Não estou entendendo nada. Já sei! Mariza telefonou para você.

Alfredo não conseguiu escapar do interrogatório da mulher. Suzana ficou furiosa ao saber que a irmã havia telefonado para o marido sem lhe contar. Engoliu a raiva, para depois se entender com a irmã. Contou que sentira uma vertigem e caíra dentro do box. Além disso, não havia mais nada para contar. Na segunda-feira fora ao médico, que lhe disse que não havia nada com que se preocupar.

Alfredo não se convenceu. Queria saber detalhes da queda e a razão do desmaio. Por mais que insistisse, Suzana se manteve firme. Disse que Mariza era uma linguaruda e que ele deveria ter falado com ela.

— Que bobagem é essa de pedir licença do trabalho? Eu não entendo como você pode ser tão tolo a ponto de dar ouvidos à minha irmã. Você sabe que ela é desmiolada, completamente descompensada emocionalmente — Suzana estava cada vez mais irritada com o marido, que não entendia a razão do descontrole da mulher.

Se não acontecera nada e se o médico dissera que não havia motivo para preocupação, por que aquele destampatório? O falatório da mulher acabou por irritar o pacato Alfredo:

— Chega, Suzana! Não aguento mais essa falação no meu ouvido. Vim te ver porque fiquei preocupado. Só isso. Se eu não viesse, você ia jogar na minha cara que só penso no meu emprego e que minha profissão é mais importante do que você e minha família. Já conheço a ladainha há muito tempo.

— Se eu precisasse de sua presença, eu mesma teria ligado. Estou bem, como pode ver, e as crianças também, Sei cuidar de mim e delas. Nunca deixei de ser mãe, além de esposa. Ou não é verdade?

— Mas, Suzana, ninguém está falando que você não é boa mãe, nem que falta com seus deveres de mulher.

— Aliás, com respeito a ser boa mulher, você sabe que para aguentar suas taras é preciso ser uma supermulher, não somente uma boa mulher.

— Isso é assunto que deve ficar apenas entre nós dois...

— Mas é claro que só pode ficar entre nós dois. Quem mais entenderia?

— Você já desvirtuou a conversa.

— Desvirtuar é muito pouco diante do que você fez com a nossa relação. Você não passa de um doente sexual, um pervertido, cheio de artimanhas para conseguir o que deseja. Agradeço o seu cuidado, mas pode voltar para a sua companhia. E, se não for pedir muito, não volte nunca mais.

Alfredo saiu do quarto e foi se acalmar na sala.

Quando Mariza chegou, já ao anoitecer, encontrou os sobrinhos jantando com o pai. Suzana não lhe disse uma palavra. A semana transcorreu sem qualquer outro desentendimento entre o casal. No sábado, porém, Suzana saiu apressada, dizendo que estava atrasada para a primeira aula na faculdade. Alfredo e Mariza se entreolharam, completamente estupefatos. Somente Suzana não percebera que era sábado, a faculdade estava fechada.

8.

Pedro desligou o telefone, pediu desculpas ao possível comprador de uma arca antiga e tentou retomar a calma, após o destempero com Suzana pela notícia desconcertante de que estava grávida e que ele, provavelmente, seria o pai. O comprador da arca não estava tão interessado como Pedro supunha. Olhou mais alguns móveis e foi-se embora, sem sequer agradecer pela atenção solícita do dublê de vendedor e proprietário da loja. Pedro Quintana, mal refeito do fracasso da venda da arca encalhada há vários meses, sentou-se em sua cadeira predileta. Ficou remoendo por longo tempo o que ouvira de Suzana. Não conseguia se acalmar nem colocar os pensamentos em ordem. Não podia telefonar para a casa da amante, pois o número particular dela estava desligado. Decerto, ficara furiosa com sua reação. Sabia que não tinha sido nem um pouco educado, mas quando estava atendendo um comprador empenhava-se no que estava fazendo. Não era fácil vender móveis antigos, especialmente uma arca que em um momento de distração havia adquirido de uma viúva chorosa, juntamente com uma porção de outros móveis.

Perdera a venda e tivera um atrito com a amante. A notícia de que Suzana estava grávida era tão perturbadora que não sabia se chorava ou ria. Gostava de Suzana, mas só de pensar em gravidez sentia engulhos. Por que isso fora acontecer logo com ele? E os preservativos que sempre usavam? Será que tinham se descuidado? Ou Suzana escondera dele que algum preservativo havia se rompido? Não conseguia se lembrar de nada. Claro que sabia que o filho seria sempre do marido dela, mas não queria conviver com uma dúvida sobre isso. Não suportaria a ideia de saber que o filho de Suzana era dele, mas que o pai legal seria o marido da amante. Em verdade, era isso mesmo que aconteceria... *E Suzana, que* não aten*de o raio do telefone!* Ela ficara furiosa, não queria falar com ele. Sabia o telefone do apartamento, mas de que adiantava? Ligar para a casa dela para dizer o quê? Procurou um analgésico, pois a cabeça estava estourando.

Tentou falar com a amante até tarde da noite. Foi dormir embriagado. Acordou de repente, apavorado. Pesadelos medonhos não o deixavam dormir. Rompeu a madrugada insone. Quando o dia clareou, antes de abrir a loja, tentou mais uma vez. Definitivamente, Suzana havia tirado do gancho seu telefone particular. Teria que esperar pela boa vontade dela para poder vê-la e, então, se desculpar, tentar consertar o mal-entendido, enfim, esclarecer até que ponto a notícia da gravidez se confirmava ou era apenas uma suposição, uma desconfiança infundada, que pode acontecer com qualquer mulher quando há atraso na menstruação. Conhecia muitas histórias desse tipo. Não adiantava se descabelar.

Pedro Quintana chegou mais cedo à faculdade. Fechara a loja antes do horário comercial para não se atrasar. Estava muito ansioso, queria conversar com Suzana antes do início da primeira aula. Seu fim de semana tinha sido insípido e repleto de incertezas. Não saíra de casa nem para ir à praia, embora o sol estivesse convidativo. A gravidez de Suzana fizera desmoronar sua tranquilidade. Precisava ter certeza sobre o que ouvira. *Se ansiedade matasse, ele já estaria morto há muito tempo,* avaliava, enquanto procurava ver o carro de Suzana apontar em direção ao estacionamento.

A primeira aula já havia começado havia trinta minutos, e Suzana não aparecia. Quando começou a segunda, resolveu ir para a sala. *Talvez alguma colega dela soubesse notícias,* pensou. No intervalo, perguntou às colegas com quem ela mais conversava. Nenhuma delas sabia de nada. Ficaram curiosas, pois se ele, que era o namorado, não sabia, o que teria acontecido? Pediu-lhes que ligassem para a casa dela. As colegas se entreolharam. Uma disse que telefonaria quando chegasse em casa. Pedro agradeceu. Sentiu que as mulheres eram mais solidárias do que os homens.

Tentou minimizar o fato. Por que estava se preocupando? Afinal, Suzana não era sua mulher de todo dia. Eram amantes, talvez nem tanto. Apenas dois colegas de faculdade que passavam algumas horas por semana em um motel porque gostavam da companhia um do outro, e faziam sexo porque queriam. Eram adultos, donos de seus narizes e não deviam satisfações a ninguém. Não havia maior compromisso entre os dois senão o de se satisfazerem mutuamente. Estava angustiado sem motivo. Tudo se ajeitaria de um modo ou de outro.

Nunca havia experimentado situação semelhante com outra mulher. Aliás, todas se precaviam contra ele, pois sabiam que o namoro podia durar uma semana, um mês ou um dia. Pedro nunca dava esperanças nem prolongava seus namoros por muito tempo. Não enganava as mulheres. Não era de seu feitio. Desde o primeiro encontro, dizia que não tinha planos de compromisso sério. Todas compreendiam e continuavam por algum tempo, ou nem havia um segundo encontro. Ele não insistia, quando a mulher não retornava suas ligações. Sempre jogava limpo, como fizera com Suzana. Voltaram a se encontrar quando se transferiu para o turno da noite porque ela insistiu. Ou teria sido ele que a havia procurado? Pedro Quintana já estava em casa, perdido nesse emaranhado de elucubrações, quando o telefone tocou. Atendeu ao primeiro toque:

— Suzana? O que está acontecendo? Você ficou sem falar comigo, desligou o telefone e não foi à faculdade hoje!

9.

Suzana precisava conversar com alguém em quem pudesse confiar. Quando se lembrou que era sábado, já estava dentro do táxi. Balançou a cabeça, como se quisesse afastar mais essa preocupação. Teria de dar explicações ao marido pela mentira infantil que usara para sair sozinha numa noite de sábado. Claro que Alfredo sabia que as aulas da faculdade eram de segunda a sexta.

Quando saíra do consultório, atordoada com a notícia da gravidez, a primeira pessoa que viera à sua mente para compartilhar sua angústia tinha sido Pedro Quintana. Não podia falar com Alfredo, pois sua relação com ele era anômala, impossível, portanto, de resultar em gravidez. Seu marido, desde a lua de mel, insinuara que tinha um fetiche. Não dera muita importância quando ele falou, pois fetiches todo mundo tem. Aproveitaram a lua de mel como qualquer casal, sem se preocupar, pois ela já estava grávida. A gravidez do segundo filho se tornou possível porque ela insistiu e fez valer sua condição de mulher. A depender da vontade de Alfredo, teriam tido somente um.

Após dar à luz, voltara a submeter-se à vontade do marido. Ele argumentava que havia cedido ao seu desejo de ser mãe pela segunda vez e que era justo que ela fosse compreensiva, desse a ele o prazer que buscava. A princípio, ficou muito assustada, mas depois começou a não dar muita importância. Conformou-se. Quando queria satisfazer-se, procurava homens que a agradavam fisicamente. Tinha seus encontros clandestinos por algum tempo. Quando se cansava, mudava de parceiro. Não se apegava a ninguém. Queria apenas satisfação física.

Conseguia apaziguar o lado emocional dedicando-se aos dois filhos e à irmã. Quando conheceu Pedro Quintana, não avaliou o quanto estava carente. Começou a se dedicar a ele com um sentimento diferente do que apenas a satisfação sexual. Ele se mostrou atencioso desde o primeiro encontro, elogiou seu desempenho, embora ela não estivesse no seu melhor. Até então, não havia avaliado o quanto Pedro Quintana se tornara importante em sua vida. Tinha consciência de que não tomara os devidos cuidados no dia em que o preservativo que ele usava se rompera durante a relação. Não falou nada na hora. Ficou abraçada ao corpo dele, sabendo do risco que corria de engravidar. Não podia culpá-lo por sua própria negligência.

Não estava infeliz por ter engravidado, mas muito temerosa das consequências. Alfredo não toleraria jamais que sua mulher parisse filho de outro homem. Não imaginava que o marido desconfiasse de seus encontros. Sempre fora discreta. Nunca fazia confidências nem cultivava amigas íntimas para conversar sobre suas escapadas. Guardava para si própria suas aventuras extraconjugais, mesmo quando ouvia suas raras amigas contarem as delas. Claro que sentia vontade de contar também, mas se continha, pois sabia que segredo somente continua sendo segredo quando restrito a uma só pessoa. Se mais alguém fica sabendo, já deixou de ser segredo.

Decidiu conversar com Maria Lúcia, a única colega de faculdade que se mostrava discreta sobre sua vida familiar. Depois da resposta brusca do amante, tinha ficado muito triste, mas sufocara a mágoa e decidira dar-lhe uma lição. Desligou o telefone particular, pois sabia que ele não ousaria ligar para sua casa.

Na faculdade, todo mundo sabia da vida de todo mundo. As mulheres, solteiras e casadas, faziam questão de alardear suas intimidades. O exibicionismo servia como demonstração de independência e modernidade, Suzana não acreditava em tudo que ouvia. A exceção quanto a esse comportamento era Maria Lúcia. Suzana, apesar de ser muito popular no círculo masculino, sempre evitara encontros com qualquer deles, exceto Pedro Quintana.

Maria Lúcia recebeu Suzana com um afetuoso abraço:

— Puxa, sua ingrata! Desde que foi para o turno da noite nunca mais me telefonou!

— Ah! Maria Lúcia! Desculpa a sua amiga. Estou tão confusa... Minha vida está de cabeça para baixo.

Elas se trancaram no quarto e conversaram até quase meia-noite. Suzana chorou quando contou a Maria Lúcia o que acontecia entre quatro paredes com o marido. A amiga ficou espantada, mas disfarçou o asco que sentiu ao saber do fetiche de Alfredo, compartilhado compulsoriamente. O fato de saber que muitas mulheres são humilhadas por seus homens a chocava, e nunca ouvira um relato tão surpreendente como o de Suzana. Sequer imaginava que sua amiga pudesse se submeter a uma coisa dessas e continuar sendo uma pessoa exuberante, capaz de manter uma atitude de mulher feliz e realizada.

Suzana tinha sólidos motivos para trair o marido e, até, de mandá-lo às favas e nunca mais olhar para a cara dele. Mas havia os filhos, além da irmã, que também dependia dela. Enquanto seu pai vivia, Suzana nunca se atreveria a separar-se do marido. Depois, foi ficando, suprindo sua desdita com os encontros clandestinos. Maria Lúcia lhe disse que também trairia, se vivesse a mesma situação. Foi sincera quando se mostrou solidária:

— Você é uma mulher forte e merece meu respeito. Não se envergonhe de nada que tenha feito.

— Obrigada, Maria Lúcia! Mas não é fácil conviver com essa situação. Às vezes, tenho vergonha de olhar para meus filhos. Um dia eles poderão saber de tudo. O próprio Alfredo poderá contar. Você sabe disso.

— É verdade, o próprio Alfredo poderá contar, mas não será por isso que você vai continuar sendo refém dele. Ele também tem seus podres, não vai querer que outras pessoas saibam.

— Os podres dele estão confinados entre quatro paredes. Será minha palavra contra a dele.

— E desde quando a palavra do homem vale mais que a da mulher? Você está enganada. Nesse assunto, a versão da mulher prevalece.

Suzana ficou mais algum tempo na casa de Maria Lúcia. Derramou o resto de lágrimas de que precisava e voltou para casa. Somente quando destrancou a porta do apartamento é que se deu conta de que já passava de uma hora da madrugada. As luzes estavam apagadas, os filhos dormindo e a cama do casal vazia. Foi ver Mariza, que ressonava suavemente. Tomou um banho e foi dormir, angustiada.

Quando sufocasse sua decepção, ligaria para o amante. Por enquanto, precisava se acalmar e formular um plano para enfrentar o marido, que havia desaparecido. Maria Lúcia a fizera ciente de muita coisa que desconhecia. Reconheceu que era uma péssima estudante de Direito. Restava a certeza de que estava frequentando a faculdade para disfarçar suas frustrações e preencher o vazio de sua existência. Depois de tudo o que ouvira de Maria Lúcia, teria um fim de semana inteiro para pensar.

10.

Alfredo Dornelles Morenbaum não era homem de ficar esperando ninguém, e tampouco ficar fazendo elucubrações sobre o que estava acontecendo com sua mulher. Verificou o relógio: vinte e três horas e trinta minutos. Decerto, Suzana não pretendia voltar tão cedo. Mariza e seus filhos já estavam dormindo. Tomou um banho, vestiu roupa esportiva e saiu andando em direção à praia de Ipanema. Sentou-se em um banco e ficou respirando a brisa fresca que soprava do mar. Tentava colocar em ordem suas emoções. Não gostava de bebidas alcoólicas, mas sentiu que estava precisando relaxar. Os bares de Ipanema estavam repletos. Gente bonita e alegre. A noite de sábado estava apenas começando.

As risadas, misturadas ao monótono quebrar das ondas na areia, davam cor à vida insípida de Alfredo Dornelles. O clima animado o envolveu. Resolveu andar em direção ao Leblon. Era um bairro desconhecido para ele, embora morasse em Ipanema há muito tempo. Entrou distraidamente numa pizzaria que ocupava uma esquina da avenida principal. Soprava um vento frio, prenúncio dos brandos invernos cariocas. Encolheu-se e procurou uma mesa de canto. Não queria comer nada especial, apenas beber uma bebida mais extravagante. Olhou o cardápio calmamente e resolveu pedir um conhaque de boa qualidade. Escolheu pelo nome. Soou bem. Conferiu a origem. Não sabia que a Espanha produzia conhaques.

O garçom serviu a bebida numa taça enorme, de haste longa. Perguntou se queria flambar o conhaque. Ele não entendeu.

Respondeu que não e ficou a bebericar, já convencido de que deveria ter pedido uma cerveja ou um chope. Mas insistiu e acabou apreciando o conhaque espanhol. Sentia-se um pouco zonzo, mas confortável. O ambiente era de casais de namorados. Ninguém olhava para os lados. Estava solitário, como estivera à beira da praia. Não fizera uma boa escolha. Precisava de um ambiente mais animado. Pagou e saiu à procura de um táxi.

Elegeu Copacabana como sua próxima parada. Parou no posto seis e ficou perambulando pelas ruas adjacentes. Os notívagos tomavam conta das calçadas. Foi andando devagar em direção ao Leme. Estava com fome. Lembrou-se de sua juventude, quando estudava engenharia, e foi andando em direção ao Beco da Fome. Nada havia mudado. Foi dormir em um quarto e sala na Barata Ribeiro com a primeira mulher que encontrou disponível. Pagou o que ela pediu por uma noite de luxúria.

Encontrou o trinco de segurança travado. Disparou a campainha, com raiva. Quem atendeu foi Mariza, que destravou a porta e voltou ao seu quarto sem dizer palavra ao cunhado. Alfredo mal cumprimentou a moça. Adentrou o apartamento e foi direto ao quarto do casal. Suzana dormia placidamente. Não se atreveu a acordá-la. Tomou um banho demorado e foi para a sala. Não queria estragar o domingo, mas não encontrava nenhuma saída senão enfrentar a situação e perguntar a Suzana onde ela estivera até tarde da noite, em um sábado, no Rio de Janeiro. Ela poderia dizer que chegara antes da meia-noite e ele não teria como desmentir, pois saíra e só voltara na manhã de domingo. Mesmo assim, ela teria que explicar onde estivera e o que fizera durante tanto tempo. Não poderia fazer perguntas na frente dos filhos. E ainda havia Mariza, que ficaria ao lado da irmã em qualquer situação. Precisava convencer Suzana a saírem para conversar. Seria uma conversa definitiva. Não admitiria desculpas ou mentiras. Se dissesse que foi visitar alguma amiga, teria que dizer quem era e provar que estivera com ela.

Desde que Suzana inventara de fazer faculdade, suas atitudes tinham mudado completamente. Já não era mais aquela mulher submissa e sem opinião. Quando a conhecera no Recife, a sentira quebrantada e cheia de medos. Talvez por sentir que era frágil é que ficara tão atraído. Suzana não falava sobre si própria. Nas raras vezes em que o fazia, sempre mencionava o pai. Era sempre o pai que pensava desse ou daquele modo, e sua opinião era a que prevalecia em qualquer situação. Suzana era uma mulher educada, mas sua personalidade era contida, enfim, uma moça castrada desde a infância, opinião que já formara e que fora confirmada quando ela ficou grávida, tendo o pai exigido que se casasse.

Ele aceitara de bom grado, pois Suzana preenchia todos os predicados que considerava ideais para ser sua esposa e mãe de seus filhos. Estava feliz e realizado. Quanto ao casamento, sabia o motivo das desavenças, que se tornaram mais frequentes depois que ela ingressou na Faculdade de Direito. Precisava puxar as rédeas de Suzana e colocar ordem em sua vida. Lamentava que o sogro já houvesse partido, pois com o auxílio dele Suzana voltaria a ser aquela mulher que nunca contestava e tampouco negava sua condição de dependência e submissão à sua vontade e desejos. Embalado nesses devaneios, adormeceu na poltrona. Acordou, sobressaltado, com os dois filhos pendurados em seu pescoço pedindo para levá-los à praia. Suzana, ainda no quarto, respondeu com um seco "não" ao convite para irem juntos. Alfredo insistiu:

— As crianças estão pedindo. Não custa nada atendê-las.

— Você sabe que odeio praia no fim de semana! Vá você. Seja pai de vez em quando.

— É o que estou tentando fazer.

— Talvez seja muito tarde.

— Muito tarde? Por que muito tarde?

A discussão tomou rumo inesperado. Suzana fechou a porta do quarto e, pela primeira vez na vida, enfrentou o marido. Lembrou-se do que acontecia com seu velho pai, mas não se intimidou. Alfredo não esperava qualquer tipo de reação. Sentiu que não era hora de revidar. Deixaria Suzana desabafar tudo o que quisesse, até se cansar. Sabia a hora certa de recuar.

11.

Suzana deixou o amante falar tudo que desejava. Quando viu que Pedro ficara mais calmo, interferiu:

— Não atendi suas ligações porque estava com raiva de você. Não estou acostumada a ser tratada como uma debiloide. Telefonei para dar uma notícia importante. Ou o fato de eu estar grávida não significa nada para você?

— Este assunto não é para ser tratado por telefone.

— Certamente que não. A notícia foi dada por telefone porque entendi que era importante e urgente. Quanto ao assunto, como você se referiu, saiba que não é "assunto", mas minha gravidez.

— Vejo que continua nervosa.

— Engano seu. Estou é feliz, seu idiota.

— Quanta ofensa desnecessária!

— Ofensa foi você ter desligado na minha cara.

— Está bem, Suzana! Na verdade, precisamos conversar muito. Claro que não por telefone.

No dia seguinte, não foram à faculdade. Pedro apanhou Suzana na esquina combinada, dirigiu para o motel. Não queriam sexo e não se despiram. Suzana queria apenas conversar, avisou ao amante quando entrou no carro. Pedro não fez comentários. Os dois ficaram em silêncio, como se fossem dois estranhos. Coube a Pedro quebrar o silêncio:

— É isso aí, Suzana! Já pedi desculpas pelo meu destempero ao telefone. O que você quer mais?

— Pedro, eu não sei qual a razão de estarmos aqui. Pela

sua reação, parece que você não se importa em saber nada sobre minha gravidez.

— Não é bem assim. Fiquei espantado com a notícia, pois nunca transamos sem tomar precauções. Ou estou mentindo?

— Você sabe muito bem que facilitamos muitas vezes. Você sempre detestou usar preservativo e só se lembrava quando eu o alertava de que estava na hora.

— Sei disso tudo. Mas nunca deixei de usar.

— Você já se perguntou se algum dia não houve nenhum imprevisto? Se a camisinha nunca arrebentou?

— E isso aconteceu?

— Mais de uma vez.

— Você está insinuando que o filho é meu?

— Não estou insinuando. Estou afirmando.

Pedro Quintana Jardim baixou a cabeça e começou a soluçar. A certeza da paternidade o pegara desprevenido. Nunca imaginou que se emocionaria ao saber que seria pai. Ao conhecer a verdade, seu mundo particular tornou-se um emaranhado de sentimentos contraditórios. Ao mesmo tempo, ocorriam fatos que não conseguia assimilar nem separar, pois enquanto não continha o choro de alegria pela notícia da paternidade, odiava saber que Suzana era casada com outro homem. Haveria obstáculos à frente. Ela não era livre para viver a vida com ele. Tinha dois filhos, marido e uma irmã sob sua guarda e responsabilidade. O filho de Suzana, legalmente, era de seu marido. A realidade dos fatos parecia-lhe cruel demais para ser admitida. Sempre fora senhor de sua vida, nunca permitiu que ninguém traçasse seu caminho. E por uma circunstância inesperada, estava envolvido em uma situação sem saída. Tornara-se presa da vontade de Suzana, uma mulher que conhecia muito pouco ou que, talvez, nem conhecesse de verdade. Ela poderia levar avante a gravidez por capricho e não contar nada ao marido. O que ele poderia fazer para modificar a situação? As mulheres tomam atitudes inesperadas, e Suzana não era diferente. Perdido em seus pensamentos, não notou que Suzana se preparava para ir embora. Enxugou o rosto e se pôs na frente da amante:

— Por favor, Suzana! Nada de rompantes de prima-dona ofendida. Estamos diante de uma situação importante. Sou o pai da criança e mereço ser ouvido.

— Não foi isso que escutei ao telefone.

— Já disse que estava em um momento ruim.

Suzana abraçou Pedro Quintana. Os dois choraram e se beijaram até à exaustão. Foram para a cama e ficaram abraçados, sem dizer nada um ao outro. Quando se deram conta, já estava na hora de ir embora. Suzana queria evitar outra cena de ciúme do marido. Em um momento de desusada coragem, contara que estava grávida. Alfredo não acreditou, fez um grande escândalo. Pedro ouviu atentamente o que Suzana contava. Não queria interromper, pois ansiava ouvir dela que iam se separar. Não conseguia se conter:

— Suzana, conta logo! Vocês vão se separar?

— Não tocamos nesse assunto.

— Como não? Você está grávida. Você contou que o filho não é dele?

— Contei. Mas ele não acreditou.

— Mas...

— Ele não acreditou. Você quer que eu faça o quê?

— Você vai se separar dele.

— E quem vai cuidar de meus outros filhos? E de minha irmã? Não pense que o Alfredo vai concordar em se separar.

— Mas, então...

— Então! Vamos ter que pensar em outra saída. Agora preciso ir embora. Alfredo não voltou ao trabalho. Pediu licença de uma semana para tratar a pressão alta.

Foram em silêncio até bem próximo da casa de Suzana. Ela desceu apressada e seguiu no mesmo passo, sem olhar para trás.

Pedro Quintana engrenou a marcha e saiu cantando os pneus. Estava furioso, consigo, com Suzana e com a situação. Estressado, não conseguia raciocinar direito sobre a hecatombe que se abatera sobre sua vida. Precisava de ajuda e sabia que com Suzana não poderia contar. Ela também estava perdida. Embora procurasse manter-se firme na frente dele, ele não se enganava. Suzana era tão frágil como qualquer mulher. Já devia ter chorado muito, e por dentro estava mais despedaçada do que ele. Mergulhado nessas reflexões, foi direto para casa. Não parou no bar de costume para conversar com os amigos. Não tinha nada para falar com ninguém. A gravidez de Suzana o transformara de forma dramática. Ser pai significava que, doravante, teria alguém que precisaria de sua proteção, de seu amparo.

Sua infância e juventude não lhe traziam boas lembranças. Não permitiria que seu filho crescesse sem atenção e sem carinho. Sabia como doía. Se fosse uma menina, seria a suprema ventura. Já se via enfeitando a filha e recebendo beijos apaixonados. Sempre ouvira dizer que as filhas são mais apegadas ao pai, mas estava sonhando acordado. Era muito cedo para fazer planos. Suzana era casada com outro homem. Pedro Quintana, pela primeira vez após ter recebido a notícia da gravidez, teve um sobressalto. A lucidez, que sempre o distinguira diante de seus amigos, impactou sua mente. Foi como se recebesse uma pancada forte, e a dúvida se instalou. Por que Suzana afirmara com tanta certeza que ele era o pai? Não poderia ser o marido dela? Ou ela não transava com o marido? Nem mesmo de vez em quando?

Não conseguiu conciliar o sono durante a noite. No dia seguinte, estava completamente depauperado. A disposição física desaparecera. Abriu a loja às dez da manhã. O dia se arrastou pesado. Os clientes que entravam pareciam aborrecê-lo. Deixou que seu ajudante mostrasse os móveis e vendesse o que conseguisse. Não queria saber de nada. Esperou anoitecer, com ansiedade. Precisava urgentemente falar com Suzana, mas ela não foi à faculdade e não atendeu aos seus insistentes chamados. Não poderia depois dizer que não ouvira o telefone chamar, pois ninguém podia atendê-lo no apartamento. Talvez ela tivesse saído com a família.

Depois que saiu da faculdade, ficou rondando o prédio de Suzana até tarde. Ela devia estar em casa, junto com o marido, com quem dormiria e faria amor. Estava se sentindo um idiota. Admitia, contrafeito, que se apaixonara por uma mulher comprometida, um equívoco desastroso, mas não conseguia disfarçar que estava se corroendo de ciúmes.

12.

Alfredo ficou esperando Suzana voltar da faculdade. A discussão que haviam tido deixara-o completamente sem forças para ir trabalhar. Tentara conversar com Mariza, mas desistira. A irmã mais nova de sua mulher parecia um zumbi. Dava a impressão de não ouvir o que ele perguntava, mesmo quando queria saber coisas triviais do dia-a-dia, sobre os filhos e sobre seu curso de línguas. Suzana certamente a proibira de falar sobre o que ela fazia quando ele estava ausente. Procurava entender, mas se arrependia de tê--la trazido para morar com eles. Para tomar conta de seus filhos, poderiam pagar uma babá ou colocá-los numa creche, o que seria muito melhor para a socialização das crianças. Mas não foi o que aconteceu. Ficara penalizado de deixar a cunhada sozinha no Recife, aos cuidados de parentes que não lhe dariam as oportunidades que teria no Rio de Janeiro. Com a irmã em casa, Suzana tinha liberdade de sair e voltar para casa à hora que quisesse. Havia muita coisa estranha acontecendo em sua ausência.

Ficou sem ação quando Suzana lhe disse que estava grávida e que o filho não era dele. *Sua mulher devia estar fora de si para dizer uma insanidade tão absurda*, ponderou no momento da discussão, pois sabia dos destemperos dela. Ela era igual ao pai quando se irritava: perdia a compostura e falava o que viesse à cabeça. Decerto, fizera aquela odiosa confissão para magoá-lo. A gravidez anunciada só devia existir na sua cabeça maluca. Mesmo assim, fechou a cara e deu resposta adequada ao disparate que ouvia. A discussão tinha terminado nesse ponto, pois Suzana começara a chorar e a bater os punhos fechados em tudo que encontrava pela frente. Resolveu se retirar do quarto até que a fúria dela amainasse e eles pudessem retomar o diálogo interrompido, mas de forma civilizada.

Olhava o relógio com ansiedade. Mariza pretextou dor de cabeça e se retirou para seu quarto. Os dois filhos adormeceram aconchegados ao pai, que raramente viam em casa durante a semana. Quando Suzana chegou, já passava de meia-noite. Estava com os olhos injetados. Ele não quis perguntar a razão. Deixou que ela acomodasse as crianças na cama, sem dizer palavra. Ficou esperando que ela voltasse logo para poderem conversar calmamente, sem ninguém para escutar. Suzana demorou. Alfredo começou a se impacientar. Foi até o quarto chamá-la:

— Suzana! Sei que brigamos feio, mas isso não vai impedir que continuemos nossa conversa interrompida. Acho melhor que seja logo.

— Sei disso.

O casal se ajeitou, cada um em seu canto. Ficaram olhando um para o outro, como se avaliassem até onde aguentariam uma nova discussão. Às vezes, iniciar uma conversa entre marido e mulher é mais difícil do que sumir no mundo e nunca mais dar notícias. Mas havia dois filhos, casa, interesses e um casamento soçobrando havia muito tempo.

Suzana procurava uma palavra adequada para dizer ao marido que o casamento chegara ao fim. Faltava coragem, embora soubesse que o desenlace era inevitável. Carregava no ventre o filho de Pedro Quintana. Como fazê-lo entender que não havia volta? Como dizer ao seu marido que falara sobre a gravidez em um momento de pura lucidez? Não contara porque estava com raiva, como ele deveria estar pensando, mas sim porque era verdade. Suzana reuniu forças e falou pausadamente:

— Alfredo, você já fez as contas de quanto tempo nós dois não temos relações? Estou me referindo a relações normais entre marido e mulher".

— Não tivemos porque você não quis.

— Você acha que uma mulher normal se sujeitaria a manter relações sexuais com seu homem depois que ele se satisfaz da maneira como você gosta?

— Eu pensei que este assunto já estivesse suficientemente esclarecido!

— Como pode ver, não está.

— Você poderia ser menos hermética?

— Você sabe que odeio essa linguagem pernóstica.

— Se você não sabe o que quer dizer "hermética" vou usar um termo de acordo com a sua cultura. Perguntei se você poderia ser mais clara sobre o que pretende.

— Vou fazer de conta que não ouvi o que você disse, pois você está sendo cínico para esconder o medo que sente de enfrentar a verdade.

Suzana lembrou ao marido o pavor que sentiu no dia em que ele falou que gostaria de vê-la nua pisando baratas vivas enquanto ele se masturbava. Era o fetiche que guardara escondido desde o tempo do namoro. Alfredo implorou que ela vencesse sua repulsa de esmagar baratas com os pés para dar-lhe prazer. Foram noites de horror que ela viveu. Alfredo tinha fixação em pés femininos. Ela notara que ele ficava excitado quando ela o acariciava com a sola do pé. Um dia, ele pediu que ela ficasse de pé sobre seu ventre e massageasse seu órgão sexual até que alcançasse o gozo. Ela consentiu, e daí por diante ele não a procurou mais para o intercurso normal. Somente satisfazia sua libido quando ela cedia e acariciava sua genitália até que gozasse.

Um dia, apareceu com baratas mortas e pediu que ela as esmagasse com os pés descalços. Foi o início do desencanto. Primeiramente, venceu o medo que sentia de baratas; em seguida, o nojo ao sentir as baratas sendo esmagadas, soltando uma gosma pegajosa que só desgrudou quando ela conseguiu correr até o banheiro e se esfregou até ferir a pele sensível da sola dos pés. Quando ele apareceu com baratas vivas, ela se recusou a fazer o que ele queria. Trancou-se no banheiro e só voltou quando ele disse que as havia jogado no vaso do quarto da empregada e dado descarga até desaparecerem.

Alfredo continuou pegando baratas mortas, e ela foi aquiescendo às taras dele. Às vezes, ela se perguntava por que fazia aquilo. Por que se submetia às anomalias de seu marido? O respeito que sentia pelo pai de seus dois filhos foi esmaecendo. Quando Alfredo apareceu com uma galinha viva e pediu que ela a esmagasse com seus pés para aplacar sua doentia fixação, não suportou mais. Era mulher de fazer tudo para dar ao seu homem todos os prazeres que ele desejasse, mas não se submeteria mais a seus desvios tresloucados na procura de prazer.

Ameaçou com a separação por crueldade mental. Alfredo riu, disse que ninguém acreditaria nela. Seria apenas mais uma mulher desquitada com dois filhos e uma pensão para sobreviver. O divórcio era ainda uma miragem que dormia nas gavetas dos congressistas, pressionados por um clero contrário e atuante, que influenciava a sociedade em favor da manutenção da indissolubilidade do matrimônio. Suzana continuou se submetendo aos caprichos de Alfredo: massageava seus órgãos sexuais e pisava em baratas. Um dia, foi capaz de sacrificar uma galinha, que morreu esmagada sob seus pés enquanto via o marido revirar os olhos de prazer.

O diálogo do casal não prosperou. Quando Suzana começou a relatar suas angústias por submeter-se às taras dele, Alfredo pretextou dor de cabeça e disse que queria ir dormir. No dia seguinte, quando ela estivesse mais calma, conversariam novamente. Suzana ficou no sofá da sala até sucumbir ao sono. Acordou no outro dia debaixo de beijos de seus dois filhos. Não conteve o choro ao abraçá-los.

13.

Mariza estava vivendo momentos de incerteza desde que viera morar na casa da irmã. Depois que a mãe falecera, sentiu que o Recife, cidade que a vira nascer, não a comportava mais. Por onde andasse, teria somente lembranças da infância e da juventude. Diante da vida regrada que seu pai impunha, e da pouca resistência que sua mãe conseguia interpor às esquisitices morais do marido, pouco restara para deixar saudades. Veio viver no Rio de Janeiro com o coração cheio de sonhos e fantasias.

Cuidar dos sobrinhos não era tarefa difícil. Eram obedientes e, acima de tudo, tinham seu sangue. A irmã sempre fora sua amiga, embora muito reticente quanto a seus sentimentos e sua vida íntima. Suzana não era pessoa de fazer confidências ou pedir conselhos. Quando menina, Mariza conseguia entender o jeito arredio da irmã, mas agora, que já se tornara moça e estava madura, a diferença de idade já não pesava tanto. Não tivera experiências amorosas além de pequenos namoros com colegas, quando ainda cursava faculdade no Recife. No Rio de Janeiro nunca quis namorar. Os rapazes cariocas infundiam em seu espírito certo temor. Pareciam muito largados, faziam questão de fazer piada de sua maneira de falar. Diziam que ela falava "cantando" e caçoavam dos termos que usava. Apelidaram-na de "meu bichinho". Quando a viam, imitavam seu sotaque nordestino, mas ela deixou de se importar com as brincadeiras. Aos poucos, entrou no clima, mas nunca conseguiu namorar nenhum dos colegas do curso de línguas.

Não ter experiência amorosa não significava que ela não

entendia o que estava acontecendo em casa com sua irmã e o marido. Eles não viviam bem. Era tão evidente o clima de desamor entre o casal que nem precisava ouvi-los brigando para ter certeza. O fato de sua irmã manter encontros com namorados eventuais já seria suficiente para saber que aquele casamento não iria durar. Não aprovava o comportamento da irmã, mas não se atrevia a falar com ela sobre o assunto. Suzana não dava espaço para ninguém se intrometer em sua vida.

Às vezes, Mariza ficava com remorsos diante de Alfredo, um homem trabalhador e dedicado ao bem-estar da família. Sabia que era dependente dele, pois Suzana não trabalhava. Achava que ela gastava além do necessário, comprando coisas inúteis, que logo largava de lado ou dava para a empregada ou para o porteiro do edifício. Ia à faculdade, mas nunca a vira abrir um livro ou participar de algum trabalho de grupo, que sabia existir pois a ouvia falando ao telefone que assinaria, junto com os colegas. Suzana dizia sempre que não ajudava nos trabalhos de classe porque tinha pouco tempo, o que era mentira.

Na verdade, sua irmã era indolente, pois nem com os filhos se preocupava muito. Quem dava banho, cortava unhas e limpava as orelhas era sempre ela. Não reclamava do trabalho, pois era sua forma de compensar pelas despesas que dava ao cunhado, com o pagamento de suas mensalidades no curso de línguas e sua alimentação. Mesmo as roupas que a irmã comprava para ela era com o dinheiro de Alfredo, o único provedor da família. Ansiava por terminar o curso para ter o seu emprego e ganhar seu próprio dinheiro. A oportunidade que o cunhado lhe proporcionava era sinal de sua generosidade, pois não tinha nenhuma obrigação de sustentá-la. Gostava dele, mas não podia se aproximar, pois desencadearia uma guerra de ciúmes com a irmã. Quando falava com Alfredo, longe dela, na primeira oportunidade Suzana perguntava sobre o que haviam conversado. Queria saber se Alfredo perguntara sobre o que ela fazia durante a semana. Por isso, tinha até medo de responder o que quer fosse ao cunhado.

Alfredo devia ter uma péssima impressão dela, mas ela não atinava como agir para demonstrar que não compactuava com o modo de ser da irmã. Vivia atormentada diante da situação tensa na casa, que parecia ter-se agravado nos últimos dias. Alfredo parecia estar sofrendo e tivera a impressão de que o surpreendera chorando diante da televisão. Quando ela perguntou o que ele estava vendo, não soube responder. Disse que estava com a TV ligada, mas não estava prestando atenção. Diante de seu embaraço, ela não insistiu. Seus olhos vermelhos denunciavam que estava triste.

Suzana, ao contrário dele, parecia estar vivendo um momento de êxtase. Embora as relações dos dois revelassem animosidade, não conseguira ouvir da irmã nenhuma alusão às brigas, nem ao seu ar de felicidade. Ficaria mais atenta ao que falavam. Durante a semana, aproveitaria para falar com Alfredo. Com Suzana seria mais difícil, porque, às vezes, ela saía durante o dia. À noite, quando voltava do curso, estava tão cansada que não dava vontade de falar com ninguém. Os sobrinhos a absorviam com seus deveres escolares e pequenas dificuldades, tarefas que ela procurava resolver da melhor maneira possível.

Resolveu, então, faltar ao curso antes que terminasse a licença de Alfredo. Seria a única oportunidade que teriam sem a presença de Suzana. Antes que as crianças voltassem da escola, procurou um jeito de conversar com o cunhado, sem dar a impressão de que a iniciativa partira dela. Para sua surpresa, Alfredo desligou a TV e perguntou por que faltara ao curso. Mentiu. Disse que um professor havia faltado. Alfredo se interessou:

— Você está gostando do curso?

Foi o bastante para que iniciassem um longo papo, que passou a envolver a vida dela e a de sua irmã, para além das desconfianças dele. Procurou não esconder nada do que sabia, mas não fez nenhum comentário que pudesse colocar a irmã em situação embaraçosa ou aumentar as suspeitas do cunhado. Quanto ao fato de Suzana sair durante a tarde, não teve como negar. Disse-lhe que transferira seu horário do curso a pedido da irmã, para que ela estudasse à noite e tivesse as tardes livres. Quanto ao que ela fazia, não poderia dizer, pois Suzana era reservada sobre sua vida íntima.

Alfredo aquiesceu, pois conhecia bem a sua mulher. Quando ele lhe perguntou se sabia sobre a gravidez de Suzana, assustou-se com a sua reação. A novidade foi tão chocante para ela que Alfredo teve certeza de que Mariza realmente nada sabia sobre a loucura confessada por sua mulher, menos ainda que o pai seria outro homem. Mariza pediu licença e dirigiu-se ao seu quarto, para chorar. Seu cunhado não merecia o que Suzana estava fazendo.

O que não conseguiu entender foi por que Alfredo tinha certeza de que o filho, dessa vez, não era dele. Até onde sabia, os dois sobrinhos eram filhos dele. Por que acreditava, então, caso a gravidez não fosse fantasia da cabeça de sua irmã, que esse filho seria de outro homem? Sentia-se sufocada. Sentimentos contraditórios de lealdade à irmã se digladiavam com seus conceitos de fidelidade a Alfredo, um homem dedicado ao trabalho e à família. Nunca ouvira da irmã que ele tivesse tido qualquer deslize de comportamento, ou que tivesse sido infiel a ela. Entendia que havia um dever de fidelidade recíproca entre os dois, mas Suzana não estava cumprindo a sua parte. A irmã estava em desvantagem no seu julgamento. Ficaria ao lado de Alfredo se se confirmasse a gravidez de Suzana. Quanto à infidelidade da irmã, era assunto que só dizia respeito à consciência dela, mas engravidar de um namorado ultrapassava os limites da decência e do respeito a que todo ser humano tem direito. Mariza estava revoltada, mas não sabia o que fazer ou como reagir.

14.

Pedro Quintana não conteve a ansiedade e telefonou para Suzana. Tentou mais uma vez, mas o telefone chamou até que caiu a ligação. Se Suzana não queria atender em seu número particular, falaria no telefone da casa. Não estava disposto a ficar esperando a boa vontade dela ou submeter-se a seus caprichos para falar com ele. Ao primeiro sinal, ouviu uma voz masculina:

— Bom-dia! Alfredo falando. Com quem deseja falar?

— Com Suzana.

— Entendi. Mas qual é o seu nome?

— Obrigado. Eu telefono depois.

— Alô, alô. Quem quer falar? Alô...

Pedro desligou e ficou pensando na tolice que havia cometido. Suzana ia ficar furiosa com ele. Mas não se importava. Desde o momento em que soubera da gravidez, invadira-o uma nova disposição. Era o pai da criança que ela trazia no ventre. Como seu homem, merecia ser tratado de modo diferente. Já não era mais apenas o amante esporádico, nem o colega de faculdade e parceiro de aventura sexual. Embora houvesse dúvida, que deveria ser aclarada por Suzana, o "ser pai" avultava em sua mente. Estava mais atento aos negócios de sua loja e tornara-se de repente um homem preocupado com o futuro. Havia um ser humano a caminho, que dependeria dele.

Desistiu de tentar falar com Suzana. Ela não ficaria em silêncio indefinidamente. Em algum momento, ela o procuraria ou atenderia ao telefone. Com essa disposição, visitou possíveis fornecedores de móveis antigos e espólios nos quais poderia garimpar alguma peça valiosa. No fim do dia, ao fechar a loja e preparar-se para sair para a faculdade, atendeu a ligação de Suzana. Ela estava amorosa e já não o tratava apenas como o homem de encontros eventuais. Perguntou como tinha sido o dia dele, se havia trabalhado muito. Disse que não iria à faculdade, pois precisava acertar algumas divergências com o marido, mas não quis dar detalhes sobre o que estava acontecendo. Pedro não insistiu e tampouco fez menção ao que queria falar com ela sobre sua dúvida a respeito da paternidade. Não era assunto para ser tratado por telefone. Tampouco queria desencadear um atrito desnecessário.

Continuava embevecido com a expectativa de ser pai. Havia muitas outras coisas igualmente importantes que precisavam de solução imediata, como a ruptura do casamento de Suzana. E os filhos dela? Com quem ficariam? Não lhe agradava a ideia de iniciar uma família com dois enteados, que nem conhecia. Mas sabia que nenhuma mãe deixa os filhos para trás. Nesses momentos, Pedro mergulhava em profunda confusão mental. As incertezas do porvir imediato atordoavam seu projeto de felicidade. Havia tantas coisas para serem superadas que sua mente não conseguia colocar tudo em ordem. Qual seria o obstáculo principal que precisava enfrentar?

Na verdade, a ruptura do casamento de Suzana traria um turbilhão de outros entraves. Havia uma solução drástica, que, sorrateiramente, aninhou-se em seu espírito. Afastou a ideia, enojado de si mesmo por ter permitido que ocupasse seu íntimo, mesmo tendo sido em um momento de irreflexão. Ou teria sido de desespero? Sabia que a mente é traiçoeira quando surpreende o ser humano em momentos de angústia. Admitia que estava desorientado com tudo o que estava acontecendo em sua vida: de uma hora para outra, saíra de uma vida confortável de homem descompromissado e tornara-se presa de uma situação que criara por puro descuido, embora não tivesse se descuidado sozinho.

A gravidez de Suzana não poderia ter acontecido em momento mais delicado. Estava no meio do curso de Direito, fazendo planos de iniciar-se em uma carreira que sabia ser difícil e, muitas vezes, fadada ao insucesso. A loja de móveis usados, com alta dose de eufemismo chamada de "comércio de móveis raros", proporcionava lucro suficiente para que tivesse uma vida equilibrada financeiramente, podendo até dar-se ao luxo de algumas extravagâncias. Se fosse apenas Suzana, o apartamento em que morava seria perfeitamente adaptável até a chegada do bebê, mas havia os dois filhos dela. A equação não fechava. O que ganhava daria para suportar o aumento de despesas com a mulher e um filho, mas com dois a mais e, certamente, a irmã, teria que mudar-se para um apartamento maior. E claro, mais caro.

Ah! Em que confusão me meti! — esfregou o rosto com as mãos, com tanta força que feriu a pele sensível, da qual acabara de rapar a barba de dois dias. Não foi à faculdade. Limpou o rosto com um creme emoliente para disfarçar as marcas e amenizar o desconforto da ardência. Já estava deitado, ainda insone pela avalanche de ideias que invadiam sua mente perturbada, quando o telefone tocou.

Atendeu de má vontade. Mas, ao ouvir a voz de Suzana, endireitou-se na cama, completamente acordado:

— O que foi, Suzana? Por que está chorando assim?"

— Não posso falar por telefone. Me apanha aqui perto de casa, por favor.

— Já estou indo.

Suzana já o esperava no lugar de costume. Mal ele parou, entrou imediatamente no carro e pediu que fossem embora rápido:

— Alfredo está à minha procura. Quando descobrir que saí, vai vir atrás de mim.

Pedro acelerou. Passou em frente ao prédio de Suzana quando Alfredo assomava ao portão. Suzana abaixou o corpo quando viu o marido, mas não teve certeza se ele a tinha visto. Pelo espelho retrovisor, Pedro observou que Alfredo ficou olhando na direção de seu carro. Acelerou de novo. Suzana disse que não queria ir para nenhum motel, apenas ficar conversando com ele até se acalmar e poder voltar para casa.

Pela primeira vez, Pedro levou uma mulher até seu apartamento. Criara o hábito de encontrar-se com suas namoradas somente em motéis. Desse modo, nunca teria surpresas inesperadas, interrompendo seu descanso e privacidade. Esse procedimento mostrava-se agora acertado, pois podia levar Suzana para sua casa sem nenhum receio — já não a via como uma aventura passageira.

Suzana se mostrava mais calma quando adentrou o pequeno espaço em que morava Pedro Quintana. O apartamento refletia a desorganização da vida de um homem solteiro: havia camisas e meias espalhadas desde as poltronas da sala até o banheiro. O dono da casa se apressou em recolher as roupas sob o olhar atento de Suzana, que acabou por começar a rir da atrapalhação do amante. Pedro aquietou-se e começou a rir também. Foram para o quarto e se amaram até a madrugada.

Adormeceram exaustos. Quando o dia clareou é que Suzana se deu conta de onde estava e da loucura que havia feito. Pedro já se preparava para sair e abrir sua loja. Não se preocupara em preparar café ou lhe oferecer alguma coisa para comer, pois não havia nada na casa que dependesse de fogão. Na geladeira, havia apenas bebidas e algumas embalagens de laticínios com data de validade vencida. Pedro pediu desculpas e perguntou se queria que a levasse em casa. Suzana disse que sim, mas que ao anoitecer precisava muito conversar com ele. Marcaram encontro em um lugar distante do apartamento de Suzana. Quando Pedro foi levar Suzana em casa, teve o cuidado de deixá-la em um ponto de táxi, alguns quarteirões antes. Seguiu para sua loja com o coração carregado de pensamentos sombrios.

15.

Alfredo não conseguiu anotar a placa do carro no qual tivera a impressão de ter visto Suzana abaixar-se ao passar em frente ao prédio em que moravam. Andou apressadamente pelas ruas quase desertas, na esperança de encontrar sua mulher. Por fim, cansado e convencido de que Suzana pegara um táxi ou entrara no carro do amante, voltou ao apartamento. Mariza havia colocado os sobrinhos para dormir e, distraída, assistia à TV. Alfredo procurou relaxar um pouco, aliviar a tensão provocada pela discussão com Suzana. Depois de sorver dois copos de água gelada, veio sentar-se ao lado de Mariza, que se ajeitou para ceder-lhe lugar. Não desgrudou os olhos da tela até ouvir um leve pigarro de Alfredo. Desligou a TV e ficou esperando o cunhado desabafar, pôr para fora o que parecia estar fazendo-o sofrer intensamente. O rosto de Alfredo ainda estava congestionado. Somente aos poucos é que a cor natural foi retornando. Mariza o encarou com firmeza, notou que o ar bonachão se tornava mais evidente e um sorriso suave começava a desenhar-se e a curvar seus lábios. Quando ele falou, a voz saiu quase terna:

— Desculpe, Mariza, por mim e por sua irmã. Às vezes ela se torna insuportável, assim como eu.

— Eu já nem ligo para as crises de minha irmã. Ela puxou o gênio de papai, a quem tanto criticava.

— Mesmo assim, gosto muito dela.

— Você continua apaixonado pela Suzana, não é mesmo, Alfredo?

— Acho que sim, embora...

— Embora seja insuportável saber que ela está grávida de outro homem!

Alfredo desabou. Mariza colocou as mãos em seus ombros e chorou também. Quanto mais ele chorava, mais ela o aconchegava, até ficarem abraçados. Mariza afagava-lhe os cabelos já ralos, sem saber o que dizer. Finalmente, Alfredo controlou as lágrimas, recostou-se no sofá e começou a contar-lhe o que estava sentindo.

Explicou que quando ouviu Suzana dizer que estava grávida tivera um grande choque, pois haviam combinado que teriam apenas dois filhos. Não teve coragem de contar que a gravidez de Suzana seria impossível, pois não mantinham relações sexuais normais havia mais de dois anos. Omitiu que o casal mantinha relações íntimas anômalas, por causa de seu fetiche. Faltou-lhe coragem para confessar que tinha obsessão por pés femininos. Também não acreditava que ela entenderia, pois transmitia certa aura de pureza. Nunca a ouvira falar em namorados. Pelo que sabia, desde que viera morar na casa deles não tivera nenhum rapaz por quem se interessasse. Decerto, deveria ter suas paqueras no curso de línguas, mas nunca apresentara ninguém à irmã. Sentiu vontade de perguntar, mas preferiu esperar um momento mais adequado. Aproveitava a oportunidade para angariar sua simpatia, pois previa que fortes tempestades abalariam seu casamento.

Aos poucos, à medida que a gravidez se tornava mais palpável, Alfredo foi compreendendo que a única solução seria o aborto. Era inadmissível manter seu casamento caso ele permitisse que a gestação de um filho bastardo viesse a manchar a seriedade de seu lar. Suzana teria que arcar com seu erro e as consequências dele. Sabia que havia muitas clínicas de aborto na cidade, algumas sofisticadas, caras e absolutamente discretas. Não assumiria a paternidade espúria de ninguém apenas porque era casado com uma mulher leviana.

As razões, expostas por Suzana aos gritos para justificar sua aventura, não tinham nenhum valor para ele. Nunca havia se negado a satisfazer a libido de sua mulher da maneira que ela desejasse; ela é que se recusava a manter relações normais, com a alegação

de que se sentia enojada após vê-lo saciar-se solitariamente vendo-
-a exercitar os pés. Muitas vezes, perguntara se ela queria ser ex-
citada e saciada antes de atendê-lo em seus desejos, denominados
por ela "taras sexuais". Tentara explicar que seu fetiche era normal,
e que muitos homens cultivavam anomalias muito piores. O fetiche dele era limpo. Não a submetia a nenhum constrangimento
carnal, pedia apenas um pouco de coragem para esmagar insetos
com os pés. Acusava-a de ser pouco tolerante, afirmava que entre
quatro paredes tudo é permitido, em nome do prazer e do amor.

Suzana pensava diferente. Gostava de sexo normal, o que
todo mundo praticava. Alfredo a interrompia, dizendo-lhe que ela
nada conhecia da natureza humana. Não eram somente os homens
que tinham taras. Havia mulheres que adoravam apanhar, e que
só alcançavam o gozo completo quando submetidas a sofrimentos que as deixavam com marcas evidentes de violência física pelo
corpo. Suzana ouvia-o sem duvidar, pois sabia que havia mulheres
assim, mas não acreditava que gostassem realmente. Para ela, pelo
menos, prazer e dor eram situações mutuamente excludentes.

Mas não era conveniente entrar em pormenores com Ma-
riza. Melhor seria manter certa discrição, tentar trazê-la para o seu
lado, nem que para isso tivesse que se passar por vítima. Ainda havia os sobrinhos, pelos quais Mariza demonstrava grande carinho.
Como ficariam os filhos do casal, na hipótese de uma separação
ruinosa para Suzana, que, além de adúltera, teria a pecha de mãe
que abandonou os filhos por causa de uma paixão por um homem
desconhecido? Mariza ouvia as ponderações de Alfredo e ficava
aflita por não atinar com nenhuma solução para estancar o desastre que se avizinhava. *Até para ela uma separação seria desastrosa*,
foi o que lhe veio à mente enquanto conversava com Alfredo. Sua
vida sofreria uma reviravolta. A separação de sua irmã significava
não ter mais onde morar, como se manter, e o desastre maior: ter
de retornar ao Recife e aos parentes, que talvez nem a reconheces-
sem mais. Isso, se a aceitassem de volta em suas casas.

Tornava-se cada vez mais evidente para Mariza que Suzana precisava esfriar a cabeça, aceitar o que Alfredo decidisse para
a harmonia da família e o bem-estar de todos. Alfredo, quando

sentiu que conseguira uma adepta, abraçou ternamente a cunhada, agradeceu o apoio e pediu que ela fosse dormir, pois precisava estar bem disposta no dia seguinte para cuidar das crianças, que, no momento, podiam contar somente com ela. Com um sorriso, acrescentou:

— Cuidar de mim também, se for possível.

Alfredo continuou na sala para concluir as maquinações que pretendia colocar em prática nos dias seguintes, enquanto não vencia sua licença. Não viu quando Suzana voltou para casa, já com o sol iluminando a sala onde ele dormia placidamente no sofá.

16.

Pedro tivera um dia terrível. Não conseguia pensar em outra coisa senão na enrascada em que havia se metido. Consolava-o somente a certeza de que no futuro teria uma criança para dar continuidade ao seu nome, preservar seu sangue para as gerações vindouras. Sempre acreditara que a vida é uma só, e que por isso devia ser vivida em sua plenitude. Não fazia questionamentos sobre outras vidas ou sobre a imortalidade da alma. Quando ouvia as pessoas falarem sobre milagres, sobre fé inabalável em santos e outras entidades espirituais, ficava em silêncio. Não gostava de afrontar a crença de ninguém. Guardava para si sua incredulidade e seu ceticismo diante de qualquer coisa que não lhe parecesse racional ou que fosse infensa à comprovação científica. Sentia uma pontinha de inveja das pessoas que se devotavam com crença inabalável a rezas e promessas. Certamente, deveriam ser mais felizes do que ele, pois tinham a que se apegar em momentos de desespero e dor, ao passo que ele, em uma situação limite como a que estava vivendo agora, só podia contar com ele mesmo.

Não rezava havia muito tempo. Mesmo que quisesse, já se esquecera de como fazê-lo. Desde a infância se rebelara contra a regra materna de frequentar a igreja ou sujeitar-se à pena de não poder sair nem brincar na rua. Aos domingos, para se livrar da obrigação e ficar livre, levantava-se ao raiar do sol para assistir a primeira missa do dia, às cinco da manhã, celebrada por um padre roufenho que arrastava os pés diante do altar. Quando ia distribuir hóstias às velhas fiéis, docilmente enfileiradas, dava a impressão de apoiar-se em suas últimas forças físicas. Todas as fiéis se asseme-lhavam, as mesmas caras enrugadas, os mesmos vestidos e as man-tilhas de renda negra a cobrir-lhes as cabeças encanecidas. Pedro ficava observando o ar compungido com que abriam a boca para receber o pão sagrado, oferecido pelas mãos trêmulas do padre raquítico. Ficava com pena do sacerdote, mas admirava a devoção das mulheres que compareciam ao ofício, chovesse, fizesse frio ou ventasse forte. A fé as trazia à missa todos os domingos. Pensava, às vezes, quando via o padre levantar o cálice e as cabeças se curva-rem em reverência, por que não se podia olhar para o alto naquele momento solene. Ele olhava. Era sua forma de afrontar o rito esta-belecido. Mas nunca conseguiu ver nada além do cálice levantado em gesto solene. Será que as mulheres acreditavam que, se acaso levantassem os olhos, seriam castigadas? Nunca soube, pois quan-do ouviam o retinir da campainha nenhuma delas ousava o gesto, ficavam de cabeça baixa enquanto o cálice sagrado com o sangue de Cristo permanecia no alto e o padre recitava algumas palavras ininteligíveis, em latim.

O silêncio era o que mais chamava sua atenção. Ninguém tossia nem espirrava. Não olhavam para os lados, não cochicha-vam. Impressionava-o também o fato de ser o único menino na igreja. Quando a missa acabava, saía depressa para aproveitar ple-namente o domingo. Depois que cresceu nunca mais foi à missa. Só voltou à igreja quando convidado para ser padrinho de casa-mento de um amigo, a quem nunca mais viu.

Desligado da igreja de sua infância, perambulou por ou-tras crenças, mas não encontrou nada além do que já conhecia — muita fé e devoção, e a crença inabalável de que os bons herdarão o reino dos céus ou terão reservado um lugar no paraíso das delí-cias celestiais. Outras religiões, com as quais manteve laços mais ou menos fugazes, não o impressionaram a ponto de fazer com que se tornasse adepto, seguisse os ensinamentos tidos como sa-grados pelos seguidores mais ardorosos. Enfim, considerava-se um ser à margem de qualquer preceito religioso, um cético em relação à sacralidade. Não se considerava ateu, pois o que conseguira saber sobre ateísmo não conseguira convencê-lo de que tudo era obra do acaso nem que o evolucionismo era a chave mágica que abria as portas do entendimento. Para ele, a vida terrena era efêmera, mas a finitude física da carne era o fim de tudo e o destino inexorável do ser humano.

Pedro Quintana se considerava um desastre no que dizia respeito à espiritualidade, mas procurava manter-se dentro de parâmetros que considerava sãos e moralmente aceitos pela sociedade, o que não lhe parecia pesado nem difícil. "Para ser honesto e cumpridor de meus deveres não preciso de religião", dizia. Sabia refrear-se para não ultrapassar os limites da civilidade, aqueles que as normas legais impõem a todos.

E quanto a seu relacionamento com Suzana? Já se perguntara, algumas vezes, mas não conseguia fazer qualquer paralelo entre o dogma de não desejar a mulher do próximo e sua relação amorosa. Era solteiro e livre. Entre Suzana e ele, quem cometera pecado, segundo a religião na qual fora criado, tinha sido ela. Como ele se situava no adultério de Suzana? Não o incomodava a ideia de "pecado", mas o fato moral. Essas reflexões o atordoavam mais ainda, à medida que via a relação com a mulher que seria mãe de seu filho afundar-se em questionamentos aos quais nunca dera importância. Até conhecer Suzana, nunca havia se envolvido com mulheres casadas. A relação entre os dois fora um erro desde o princípio, mas quando ele quis dar um basta, Suzana não aceitou o rompimento. Deveria ter sido duro, uma atitude rara em seus relacionamentos, mas nesse caso não deveria ter recuado, e o resultado estava sendo desastroso.

No entanto, quando se flagrava pensando dessa forma, logo se arrependia. E o filho, que não pedira para ser gerado? Será que um erro de comportamento de dois adultos deveria ter força suficiente para negar a um ser inocente o direito à vida? Erro por erro, qual deles era mais nefasto? O que era pior? Não havia cobiçado a mulher alheia, pois nem conhecia o marido de Suzana — esta conclusão, admitiu para si mesmo, era uma atenuante torpe para explicar sua visão pusilânime da situação em que estava atolado até o pescoço. Claro que cobiçara a mulher do próximo, pois próximo não é somente quem conhecemos. Mergulhado nesse emaranhado de dúvidas, demorou para atender ao chamado insistente do telefone:

— Sim, sou eu. Suzana! Queria mesmo falar com você. Mas não por telefone. Quero vê-la hoje. Posso buscá-la?"

— Acho que não. Alfredo atendeu a sua ligação e ficou furioso. Disse que, além de safado, você é atrevido.

— Você não atendeu quando chamei...

— Não atendi porque ele estava perto. Ainda sou casada com ele. Será que não dá para entender?

— Não! Não dá para entender. O filho que você carrega é meu. Acho que isso significa alguma coisa.

— Claro que significa, muita coisa. Depois nós conversamos pessoalmente, Pedro!

Pedro ficou mais irritado ainda quando Suzana desligou o telefone na sua cara.

17.

O período de licença de Alfredo se esgotou sem que o casal conseguisse manter um diálogo que pudesse ser chamado de civilizado. Começavam a conversar calmamente, mas de repente alteravam o tom de voz e em poucos minutos começavam a se ofender, aos gritos. Até então, o assunto gravidez não fora esclarecido, pois para Alfredo era pura fantasia de sua mulher. Foi preciso que Suzana mostrasse o pedido de exames do médico. Alfredo entendeu, então, que seria pai de uma criança, mas que sua mulher havia sido engravidada por outro homem. A verdade o estarreceu tanto que perdeu a lucidez. Bastava começar a falar com a mulher que caía em pranto incontrolável.

Suzana permaneceu impassível. Apenas repetia que desde o primeiro momento contara a verdade. Se ele não acreditara, era problema dele. Estava disposta a se separar e achava que ele deveria concordar, pois o filho que trazia no ventre fora gerado com muito amor. Quando Alfredo ouvia esse "fora gerado com muito amor", ficava mais estarrecido ainda. Como pudera acontecer isso na vida deles? Estava completamente arrasado, desiludido com seu casamento e com a vida.

Convivera com Suzana, mas nunca soube quem ela era — certamente, uma pessoa desequilibrada e completamente alheia aos filhos, ao casamento, à casa, ao nome dele e à família que haviam constituído. Custava a crer o que Suzana lhe dizia, não fosse o pedido de teste prescrito pelo médico, não teria acreditado. Não conseguia reunir forças nem para brigar. Brigar? Para que brigar!?

Suzana teria que abortar, pois não aceitaria a separação, mesmo que doravante vivessem casados apenas para manter as aparências, pois estava até disposto a suportar a mágoa da traição, mas não aceitava criar um filho que não era dele. Isso seria a suprema humilhação. Toda vez que olhasse para a criança se lembraria de que era filho de outro homem.

A conversa entre os dois não avançava, pois era surreal. Percebeu que Suzana demonstrou leve dúvida quando ele disse que a perdoaria, mas quando ele completou que seu perdão ficaria sujeito à aceitação de um aborto, ela recuou:

— Continuo sendo sua mulher, mas não abro mão de meu filho — dizendo isso, deixou Alfredo sozinho no quarto e foi cuidar dos afazeres da casa, como se tudo estivesse correndo na mais doce normalidade.

Alfredo já havia preparado sua roupa para voltar à companhia, onde teria que cumprir suas tarefas e compensar a semana que passara em casa. Sabia que ficaria fora por mais de vinte dias, e teria tempo suficiente para colocar suas ideias em ordem. Enquanto isso, esperava que Suzana pensasse sobre o que, a duras penas, tinham conseguido conversar. Abominava o assunto aborto, mas não via como evitá-lo se quisesse tentar salvar o que restasse do casamento. Havia os dois filhos e Mariza. Suzana que arcasse com seu erro e procurasse saídas sadias para repará-lo. Quanto a ele, sabendo que era o único culpado pelo comportamento de sua mulher, teria que se conformar. Mas não admitiria que seu fetiche fosse revelado, por isso oferecendo o perdão a Suzana — em troca de seu silêncio —, embora em nenhum momento houvessem tocado em tão melindroso assunto. A cartada de sua mulher era arriscada, mas perigosa apenas para ele. Ela não teria nada a perder.

A Suzana submissa, finalmente, colocava para fora seu verdadeiro caráter. Alfredo precisava ser cauteloso, mais astuto do que ela, para contornar a difícil tarefa de preservar o casamento e descartar o feto. Sua cabeça fervilhava enquanto fazia os últimos preparativos para se ausentar de casa. Percebeu, então, que Suzana se preparava para sair; ele teria a oportunidade de conversar reservadamente com Mariza, que aguardava as crianças retornarem da escola. Quando chegaram, brincou com os filhos e esperou pacientemente que Mariza terminasse de servir o jantar e os levasse para a cama. Quando, finalmente, puderam se sentar para conversar, já eram quase dez horas da noite.

Alfredo estava preocupado, pois imaginava que Suzana poderia retornar a qualquer momento. Mariza o tranquilizou:

— Não se preocupe com Suzana, Alfredo. Hoje de manhã, ela me falou que dormiria na casa de uma amiga, para conversar e relaxar. Ela só vai voltar amanhã.

— Isso na verdade nem me surpreende. Ela não vai dormir na casa de uma amiga coisa nenhuma, mas é melhor assim, pois preciso muito conversar com você.

— No que eu puder ajudar, Alfredo, pode contar comigo, desde que não prejudique minha irmã.

— Sei disso. Nunca pediria nada que pudesse prejudicar minha mulher, nem diante dessa situação que você conhece muito bem.

Alfredo nunca tinha sido homem de muitos rodeios, mas procurou assegurar a cunhada de que Suzana não seria prejudicada de modo nenhum. Afirmou que estava pensando somente no bem-estar dela, dos filhos e da própria Mariza.

Relato feito ao autor por Pedro Vítor Pedregoso Morenbaum, na cidade de Belo Horizonte, Minas Gerais, entre os dias 10 e 17 de janeiro de 2012

Meu nome é Pedro Vítor Pedregoso Morenbaum. Tenho 42 anos de idade, completados no dia 1º de janeiro deste ano. Minha carteira de identidade informa que sou filho de Alfredo Dornelles Morenbaum e de Suzana Pedregoso Morenbaum. Ao lhe contar minha vida, desejo ressaltar que os fatos ocorridos antes que eu tivesse idade para compreendê-los foram relatados por minha mãe e por Pedro Quintana Jardim, enquanto ele ainda estava vivo e era presidiário recluso no presídio de Bangu I, na cidade do Rio de Janeiro. Não posso afirmar se houve alguma fantasia ou exagero na história que me contaram. Ouvi a versão de minha mãe quando já era adolescente, e a comparei com a versão contada por Pedro Quintana, nas raras visitas que fiz para vê-lo na penitenciária. Vai ser difícil, diria que até impossível, informar as datas e os detalhes que eles, compreensivelmente, possam ter omitido. Mas procurarei ser o mais fiel possível ao que ouvi. Quanto à sequência dos acontecimentos, não tenho como lhe assegurar que é esta a ordem exata em que ocorreram. Às vezes, eu ouvia o que minha mãe estava disposta a me contar, mas somente muito tempo depois foi que consegui arrancar de Pedro sua versão sobre o mesmo fato. O que sei, e que foi amplamente explorado nos noticiários à época do crime, é que Pedro Quintana era meu pai biológico e Alfredo, o pai legal.

Não é difícil lembrar como foi o crime. Conforme publicaram os jornais, Alfredo Morenbaum foi covardemente assassinado por Pedro Quintana quando se preparava para sair de casa para a empresa de petróleo, onde trabalhava como engenheiro. Desde o dia do assassinato de Alfredo até sua morte misteriosa, minha mãe não saiu mais de casa, exceto no dia do parto, que ocorreu em uma clínica situada a poucos quarteirões de onde ela morava.

Nasci de parto normal, com três quilos e duzentos gramas e cinquenta e dois centímetros. Quem me levou ao médico, para a avaliação de meu desenvolvimento, foi tia Mariza. Minha mãe, segundo me contou minha tia, tornara-se um zumbi dentro de casa. Mal saía do quarto. Quando o fazia, não conversava com os filhos, raramente respondia ao que lhe perguntavam ou tinha algum gesto de carinho comigo e com meus dois irmãos. Acompanhou o julgamento de Pedro Quintana com absoluta indiferença. Quando soube da condenação, por homicídio qualificado, soltou um suspiro e disse que haviam condenado um inocente.

Quanto a Pedro Quintana, a quem nunca chamei de pai, pois nunca tive certeza de quem ele foi realmente, pouco consegui saber a respeito do motivo do crime. Minha mãe, em um dos raros momentos em que se encontrava particularmente falante e animada, disse-me que o crime ocorrera no dia em que Pedro a acompanhara até o apartamento para ajudá-la a apanhar suas roupas e objetos de uso pessoal, pois haviam decidido que ela ficaria no apartamento dele até que as coisas se acalmassem e Alfredo concordasse com a separação. Ao chegarem ao apartamento, cerca de meia-noite, o encontraram na sala, conversando com Mariza. Como minha mãe não esperava encontrar Alfredo em casa, pois sabia que ele deveria ter saído antes das 20h00 para se apresentar na refinaria às seis da manhã do dia seguinte, não tomara precauções.

Quando Alfredo viu Pedro Quintana em sua casa, não esperou nenhuma explicação. Avançou em direção ao acompanhante de minha mãe com o abajur de pé em uma das mãos, em atitude agressiva. Pedro recuou e pediu que tivesse calma, pois não tinha intenção de brigar com ninguém. Minha mãe fez questão de esclarecer que Pedro era apenas um amigo, colega de faculdade. Alfredo ficou mais furioso ainda. Antes que desferisse um golpe certeiro, Pedro se esquivou e abraçou-se à cintura do agressor, tentando impedir que ele o golpeasse novamente. Mas apesar da agilidade de Pedro e de sua presença de espírito, Alfredo conseguiu se livrar do abraço e começou a golpear a cabeça de Pedro, que, em desespero, tentava se defender com os braços levantados. Como não conseguisse se livrar do agressor, Pedro foi se afastando em direção ao interior do apartamento, mas ficou encantoado na cozinha. Foi nesse momento que viu uma faca sobre a pia.

Desesperado, diante dos golpes do adversário, pegou a faca e apontou para ele, com a intenção de intimidá-lo. Suzana se colocou entre os dois, para apartá-los. Em seguida, abraçou Alfredo, tentando imobilizá-lo. Pedro deixou a faca sobre pia e saiu em direção à sala para ir embora. Alfredo desvencilhou-se dela, pegou a faca e gritou para Pedro que não fugisse, pois queria conversar com ele. Em seguida, jogou a faca dentro da pia e molhou o rosto. Parecia ter-se acalmado, pois abraçou Suzana e disse que gostaria que ela o ajudasse na conversa. Diante da atitude cordata de Alfredo, ela concordou em pedir ao amante que esperasse; por precaução, trancou o marido na cozinha e saiu atrás de Pedro, convenceu-o a voltar à sala e o fez sentar-se na poltrona. Conversou alguns minutos com ele antes de trazer Alfredo pela mão. Para evitar que qualquer um deles pegasse a faca, trancou a porta da cozinha e guardou a chave no bolso da saia.

Os dois homens ficaram em silêncio enquanto ela foi até o quarto pedir a Mariza que se trancasse junto com as crianças e não aparecesse na sala até que tudo se acalmasse. Suzana viria avisá-la quando tudo estivesse resolvido. Quando retornou à sala, os dois continuavam na posição em que os deixara. Entrou na cozinha e apanhou a faca, que escondeu entre as dobras da saia rodada. Veio por trás de Alfredo e cravou-lhe uma facada no peito, na altura do coração. Pedro, diante a atitude inesperada de Suzana, atracou-se com ela e tomou-lhe a faca, ainda ensanguentada. Quando Pedro se preparava para ir embora, ainda com a faca na mão, Alfredo o atacou pelas costas, aplicando-lhe uma violenta gravata, a ponto de sufocá-lo. Sentindo que as forças lhe faltavam, Pedro girou o corpo e desvencilhou-se. Em seguida, cravou-lhe várias facadas no peito. Desesperado pelo ato insano, saiu porta afora em direção à rua.

Foi para seu apartamento, onde a polícia o prendeu de madrugada, após arrombar a porta do banheiro, onde ele havia se trancado desde que chegara. Não ofereceu resistência à prisão. Minha mãe repetiu a mesma história para mim até sua inesperada morte, alguns anos depois. Nunca quis contar à polícia esta versão sobre o assassinato, pois preferi que ela continuasse impune. A vida em nossa casa, desde a época em que comecei a entender o que se passava, sempre foi monótona. Os dois rapazes que lá viviam eram meus irmãos. Mariza era minha tia, embora eu imaginasse que fosse minha mãe. Meus irmãos não brincavam comigo, não me tratavam como irmão e nunca conversavam na minha frente. Tia Mariza atribuía tal comportamento ao fato de eu ter nascido quando eles já tinham 10 e 12 anos, o que gerou ciúmes. A explicação não me convenceu, mas eu não podia fazer nada. Eles continuaram me tratando como estranho, até que cada um tomou seu rumo na vida.

Saíram de casa logo após terem terminado o antigo curso colegial. O mais novo alistou-se na Marinha Mercante, e nunca mais ouvi falar dele. Nem para nossa mãe ele dava notícias. O mais velho, um dia, disse que passara em um concurso público e havia sido enviado para o extremo norte do país. Se não me engano, para uma cidade na fronteira do estado do Acre. Ele sempre telefonava para nossa mãe no Natal e no Ano Novo. Sobre o que eles conversavam eu nunca soube, mas minha mãe chorava muito depois que ele desligava. Uma vez, ele chamou tia Mariza, e ficaram conversando por muito tempo. Minha tia apenas respondia às perguntas. Nunca tive coragem de perguntar a elas o que meu irmão fazia.

Quando eu já estava com quatorze anos, minha tia levou-me para visitar Pedro Quintana. Achei estranho aquele homem de barba por fazer e de cara tristonha. Quis saber por que meu nome era Pedro Vítor, o mesmo prenome do presidiário. Ela apenas sorriu e disse-me que um dia eu saberia, mas pela boca de minha mãe.

Voltei ao presídio dois anos depois e conversei com Pedro Quintana. Minha tia ficou afastada, discretamente, para que pudéssemos conversar à vontade. A versão dele sobre o que ocorrera no dia da morte do homem cujo nome constava como sendo meu pai me surpreendeu. Lembro-me perfeitamente: "Suzana e eu fomos colegas de faculdade. Ficamos muito amigos desde o segundo ano do curso. Durante certo tempo, eu a buscava na casa dela para irmos juntos à faculdade. Alfredo Dornelles sabia de nossa amizade. Quando soube que sua mãe e Alfredo estavam se desentendendo e que provavelmente iriam se separar, tentei evitar, aconselhando a ambos. Um dia, Suzana procurou-me desesperada, dizendo que Alfredo a mataria se continuasse com a intenção de separar-se dele. Alfredo Dornelles amava sua mãe e ela correspondia a esse amor, pois ele fora seu primeiro e único namorado".

Não consigo referir-me a Alfredo Dornelles como meu pai, pois nunca o conheci. Quanto a Pedro Quintana, talvez por termos o mesmo prenome, sempre senti que alguma coisa me ligava àquele presidiário, mas não conseguia atinar nem definir que tipo de sentimento me envolvia. A única coisa que eu sabia é que ele era o assassino confesso de Alfredo Dornelles. Não conseguia sentir raiva dele, nem mesmo depois da história que minha mãe havia me contado. A versão dele sobre o assassinato era confusa, mas escutei-a atentamente.

Ele contou com minúcias: "Quando sua mãe chegou ao meu apartamento, no meio da noite, disse-lhe que não era certo uma mulher casada ir ao apartamento de um rapaz solteiro. Ela me disse que era uma mulher acima de qualquer suspeita e que Alfredo sabia que ela havia saído para aconselhar-se com seu colega de faculdade. Como Alfredo sabia que eu era aplicado nos estudos e já estava estagiando em um escritório de advocacia e, portanto, tinha muito mais conhecimentos do que ela, não fizera objeção a que ela fosse vê-lo. Eu a acalmei e ficamos conversando por longo tempo, até que a convenci de que deveria voltar para casa, pois sabia que Alfredo voltaria para a empresa em que trabalhava após ter expirado sua licença. Dispus-me a acompanhá-la até o apartamento e até mesmo a conversar com Alfredo. Ao chegarmos lá, notamos que todas as luzes estavam apagadas. Quando Suzana acionou o interruptor, vimos Alfredo estirado no chão, com uma faca enterrada em seu peito. Sua mãe começou a chorar e abraçou o corpo de Alfredo Dornelles, enquanto eu acionava a polícia. Nesse momento, Mariza apareceu na sala e começou a gritar e a apontar para mim, dizendo que eu havia matado Alfredo. Sua mãe a pegou aos safanões e a levou ao quarto, onde a trancou, colocando a chave no bolso. Quando voltou à sala, eu já tinha ido embora, assustado com os gritos e a acusação de Mariza. Na mesma noite, de madrugada, fui preso e acusado do assassinato de Alfredo Dornelles Morenbaum. Estava começando a pagar por um crime que nunca cometi".

Fiquei penalizado com a história de Pedro e voltei lá algumas vezes, não sei se porque acreditei nele ou porque sua história me parecera mais verdadeira que a de minha mãe. Só depois que me formei em Direito e me tornei um advogado fracassado, mentiroso e desacreditado por meus parcos clientes, é que algumas perguntas sobre o crime, que haviam ficado sem respostas, começaram a me atormentar. Se Pedro Quintana nunca tocara na faca encontrada no peito de Alfredo Dornelles, por que fora indiciado e condenado? Será que nunca haviam feito uma perícia no cabo da faca para verificar de quem eram as digitais? E por que minha mãe não contou à polícia sua versão de como tudo ocorrera? Será que a polícia nunca investigou se alguém havia entrado no prédio no intervalo entre a saída e o retorno de minha mãe, acompanhada por Pedro? O porteiro não teria visto o assassino? Mariza havia visto Pedro assassinar Alfredo Dornelles?

Nunca consegui obter nenhuma resposta, nem de Pedro, nem de minha mãe. Certo dia, Mariza, para surpresa de todos nós — meus irmãos ainda moravam conosco —, chegou em casa dizendo que estava apaixonada por um nobre espanhol que conhecera na recepção do hotel em que trabalhava, iam se casar e viver na Espanha. Não deu mais explicações, nem à minha mãe — porque seria inútil, visto que não se interessava por nada —, nem aos meus irmãos, já adultos e fazendo planos para sair de casa, porque eles não quiseram saber. Só posso dizer que dali a um mês Mariza saiu carregando sua mala e nunca mais voltou. Recebemos um cartão, por ocasião do Natal, no qual ela dizia que estava na ilha de Maiorca, onde trabalhava na boate de seu marido. Não indicou remetente.

Não tendo uma família a que me apegar, venho perambulando pela vida. Depois que minha mãe amanheceu morta, sem que ninguém soubesse dizer como se envenenara, pairou sobre mim a suspeita de ser o assassino. Felizmente, eu estava em um de meus momentos de euforia e estava fora, tinha viajado para uma praia no litoral nordestino e pude comprovar que estava a quilômetros de distância. Não chorei no enterro de minha mãe. A diarista que ia ao apartamento para cuidar dela e fazer comida foi inocentada porque havia faltado ao trabalho naquele dia, para levar o filho ao posto para vacinar. As suspeitas recaíram sobre o porteiro do prédio, que se defendeu dizendo que vira um dos filhos dela no dia anterior ao crime, não soube dizer se era o mais novo ou o mais velho, pois fazia alguns anos que não os via.

O mistério sobre a morte de minha mãe continua até hoje, catalogado como "crime insolúvel". Depois da morte dela, não tendo mais nada que me prendesse ao Rio de Janeiro, resolvi tentar a vida em uma cidade menor. Escolhi Belo Horizonte, pelo bucolismo de suas montanhas e pelo recato dos mineiros, uma gente que não bole com ninguém. O apartamento do Rio, pela impossibilidade de ser inventariado, porque dois herdeiros se encontravam em lugar incerto e não sabido, foi alugado, tornando-se minha fonte de renda mensal, com a qual sobrevivo sem grandes arroubos. Dá para pagar o aluguel de um barracão na periferia e beber duas cervejas no fim de semana, a primeira no sábado e a outra no domingo. Não tenho namorada, pois seria impossível convidá-la para ir ao cinema e pagar duas entradas. Contento-me em viver sozinho e solitário.

Tento captar algum cliente rondando as delegacias, mas fiquei tão conhecido como advogado incompetente que os próprios policiais civis já avisam aos incautos que sou chave de cadeia. Questões materiais não me afligem mais, pois me contento com pouca comida e com um pão de sal e água antes de ir dormir. Tenho um terno azul-marinho surrado e duas camisas, nas quais faço um laço torto com uma gravata já ensebada. O que me importa na vida, e por isso continuo vivendo, é saber quem foi realmente meu pai. A angústia gerada pela incerteza da paternidade só pode ser avaliada por quem experimenta a mesma situação. Enquanto minha mãe estava viva, podia aconchegar-me a ela e falar o que meu coração sentia. Ela ouvia, mas não sei se conseguia entender a razão de minha angústia. Quando eu perguntava quem era meu pai, ela negaceava, como se quisesse me convencer de que ela tampouco sabia. Sorria de um jeito tão doloroso que eu preferia que ela chorasse. Seria menos triste.

Em minha última visita ao presídio, Pedro Quintana me contou que havia sido estuprado por outro detento e que, desde então, estava muito deprimido e se sentindo muito fraco. Não voltei mais lá. Fiquei sabendo depois, quando já era advogado, que ele havia falecido de pneumonia. Minha mãe, por causa da pensão vitalícia que Alfredo Dornelles lhe deixou, viveu confortavelmente e pôde dar aos meus dois irmãos e a mim as condições para nos formarmos. Enquanto tia Mariza precisou estudar, ela continuou pagando. Só parou quando a irmã começou a trabalhar como recepcionista e disse que não precisava mais.

Há cerca de dez anos, meu irmão mais velho apareceu. O porteiro informou-lhe que quem podia dizer onde eu estava morando era a administradora do imóvel. Ele sempre foi uma figura enigmática, até seu nome me causava certo desconforto. Sulfredo me parecia um nome bem estranho, peço perdão se estou ofendendo a alguém. Minha mãe contou-me que o nome fora escolhido por Alfredo, e claro que o nome não significa nada em relação à pessoa. Se fosse assim, todo José seria carpinteiro como o pai de Jesus Se o pai teve a intenção de juntar Suzana e Alfredo, a ideia foi muito infeliz. Acho que meu irmão nunca dizia seu nome verdadeiro, por vergonha. Quando se apresentava, dizia que se chamava Alfredo, igual ao pai. Ele me telefonou querendo saber o que havia acontecido com a mãe. Disse-lhe o que sabia. Ele vociferou que um dia me mataria e desligou o telefone na minha cara.

Fiquei com tanto medo que mudei de endereço. O aluguel que recebo é depositado na minha conta corrente, mas a administradora não sabe onde moro e não tem meu novo telefone.

De vez em quando, ligo para saber se há novidades. Meu irmão mais novo nunca deu notícias, o que acho muito bom. Gostaria de saber se tia Mariza ainda está viva, pois deve estar com quase oitenta anos. Como as mulheres geralmente vivem mais do que os homens, presumo que esteja. Sobre a minha família, creio que não tenho muito mais a acrescentar. Com muita boa vontade a chamo de "família", porque não tive outra.

Como prometi a você, vou falar sobre minha vida e como a tenho suportado até hoje sem sucumbir. Para aqueles que têm pai conhecido e mãe presente todos os dias, acho que será enfadonho ouvir falar sobre as dúvidas que carrego durante todos estes anos em que suporto meu corpo esmorecido. Talvez uma parcela muito reduzida de pessoas possa compreender por que a dúvida sobre a origem de uma pessoa pesa tanto. Gostaria de saber se meu pai foi o presidiário de rosto triste e barba por fazer ou o homem de nome Alfredo, um engenheiro que trabalhava em uma companhia de petróleo e foi assassinado por minha mãe, por Pedro Quintana ou por outra pessoa. São tantos "ous" que prefiro não pensar muito no assunto.

Pedro Quintana não tinha motivos para negar que era meu pai, o que lhe daria motivos razoáveis para cometer o homicídio. Afinal, sua amante estava sendo ameaçada de morte, havia um romance proibido entre ele e minha mãe. O desquite era possível, mas muito distante para ser invocado como solução de um romance espúrio. Alfredo, um homem conservador, não admitiria tornar-se um homem desquitado por causa de uma situação equívoca e traumática, sua mulher trazendo no ventre o germe de outro homem. A vergonha da traição de minha mãe alcançaria sua honra e mancharia sua reputação de homem probo, cidadão exemplar e chefe de família honrado.

Teria que haver um motivo suficientemente forte para justificar o procedimento de uma mulher casada, mãe de dois filhos e esposa amantíssima. Mas que motivo seria esse? A pergunta ficou sem resposta com a morte dele e o silêncio obstinado de minha mãe. Restava uma esperança: encontrar minha tia Mariza, que devia saber de muita coisa, senão não teria inventado um namorado da nobreza espanhola para se casar e esconder o verdadeiro destino que escolhera. Muitas jovens mulheres vão para a Espanha para serem exploradas como prostitutas. Vão e não voltam mais, pois não conseguem pagar a dívida que contraíram para sair de seu país. É o que imagino, mas o verdadeiro destino de tia Mariza permanece misterioso até hoje. Precisava encontrá-la, mas o mundo é muito grande para quem quer esconder-se pelo resto da vida.

Nunca acreditei inteiramente em nenhuma das versões sobre o crime. A que foi contada por minha mãe tem minúcias impossíveis de serem confirmadas. Quando ela contou que pediu a minha tia para trancar-se com seus filhos no quarto e depois pegou a faca na cozinha, a história torna-se quase infantil. Quem prestar atenção vai descobrir que ela havia fechado a porta da cozinha à chave, depois de levar os dois homens para a sala. Como ela poderia pegar a faca na cozinha sem despertar nos dois homens a sensação de que sua movimentação na casa era suspeita? Ela destrancou a porta da cozinha para pegar a faca sem que nenhum deles notasse? E a ausência de perícia no cabo da faca? Fui aos autos do processo. Detive-me demoradamente no inquérito. Durante a fase investigatória, a polícia técnica não encontrou similaridade nas digitais de Pedro Quintana nem de minha mãe. Não havia registros na polícia das digitais encontradas na faca. Somente este fato seria suficiente para inocentar Pedro Quintana e minha mãe, mas não foi isso que aconteceu. A defesa pública de Pedro Quintana se omitiu e o promotor de justiça ignorou o detalhe, pois não lhe interessava lançar dúvidas sobre a culpabilidade de um réu confesso.

A conclusão a que cheguei, caso tivesse credibilidade o relato de minha mãe, foi de que Pedro e minha mãe seriam inocentes. Quanto à versão de Pedro Quintana, cheguei à conclusão de que não se sustentava pela simples razão de que o corpo de Alfredo foi encontrado estendido na sala do apartamento, às escuras e sem nenhum sinal de luta. Quem entrega sua vida sem lutar para se defender? O mistério para mim tornou-se insondável. O verdadeiro assassino de Alfredo se evaporara sem deixar rastros. O crime seria insolúvel? A estatística oficial da polícia seria engordada ainda mais? Minha vida tem sido de total dedicação à solução do enigma. Já desenvolvi muitas teorias, mas nenhuma delas me convenceu ou me levou a um final satisfatório.

Como percebo que você enjoou da minha história e mostra sinais evidentes de cansaço, além desse ar de incredulidade sobre tudo que acabo de relatar, creio que é melhor encerrar por aqui. Volte ao seu livro, como convém a um escritor de ficção.

PARTE II

18.

Pedro Quintana ficou surpreso com a inesperada chegada de Suzana a seu apartamento. Depois que ela desligara o telefone na sua cara, pensou que a relação entre os dois chegara a um ponto de ruptura perigoso, o que não desejava. Suzana, às vezes, tomava atitudes tão extremadas que ele ficava receoso e inseguro quanto ao convívio com ela. Para desanuviar o clima de confronto entre os dois, resolveu abraçá-la carinhosamente, pois mulher grávida precisa de compreensão e amor. Estava disposto a relevar tudo que fosse possível em prol de uma gestação sadia, que se refletiria na saúde do filho ou da filha, ninguém sabia ainda.

Pedro notou que Suzana estava tensa, e por isso preferiu não perguntar nada. A dúvida que o atormentava podia esperar por um momento mais adequado. Não podia simplesmente dizer a Suzana que tinha dúvidas sobre a paternidade, pois seria o mesmo que dizer que ela era mentirosa. Porém, tinha direito a ter um mínimo de certeza de que ela engravidara dele, e não de seu marido. Nunca conversaram sobre o assunto, mas, sendo ela casada, deveria ter uma vida sexual com o marido, mesmo que eventual. Entre amantes, quando um é comprometido, e não são livres para assumir o relacionamento, o assunto sexo é proibido. Fazem de conta de que não existe outro relacionamento sexual além daquele que praticam. É um compromisso tácito: um não pergunta ao outro, para que não tenha de responder se for questionado também. Pedro estava experimentando pela primeira vez o desconforto de ter que perguntar a Suzana se ela fazia sexo com o marido, temendo ouvir o que tinha como certo. No entanto, entre ficar se remoendo e perguntar à amante como era sua vida com o marido, não via saída senão enfrentá-la. Enchia-se de coragem, mas logo esmorecia, na esperança de chegar a um momento mais propício para uma conversa íntima e desagradável, embora inevitável. Não podia ser agora, quando estavam enfrentando um momento decisivo para o destino de ambos.

Não dormiu tranquilamente como gostaria, não procurou Suzana para sexo nem dormiram abraçados. Estava mergulhado em um emaranhado de ideias, e quanto mais o tempo passava, mais se tornavam confusas sem solução aparente. Assumir Suzana e o filho era uma possibilidade que não o assustava, mas assumir os filhos dela exigia condição financeira sólida, algo que seus parcos rendimentos provenientes da loja de móveis não comportavam. Aumentar sua retirada seria trilhar o caminho certo para a falência de seu negócio e a ruína da família que pretendia constituir. Vivia confortavelmente, mas nunca conseguira comprar um imóvel, nem mesmo financiado.

Sua mente ativa o manteve insone durante toda a madrugada. Acordou e ficou olhando o rosto sereno de Suzana. Não aparentava sinais de gravidez. O corpo continuava esguio, o rosto, magro e elegante. A pele continuava fresca e não apresentava nenhuma marca denunciando que o corpo já alimentava uma nova vida. Será que a gravidez de Suzana se confirmaria com os testes? Um lampejo de alívio fez Pedro Quintana respirar fundo. Suzana acordou e o abraçou carinhosamente:

— O que está preocupando o meu homem? Qual a razão da testa enrugada?”

— Queria ter a sua tranquilidade.

— É muito fácil. Aceite os fatos como eles são.

— Isso seria realmente fácil se não houvesse uma criança para vir ao mundo.

— Ficar preocupado não vai mudar nada. Ela vai nascer do mesmo modo.

— Eu sei. Mas não é com isso que estou preocupado.

— Não?

— Claro que não, Suzana. Estou preocupado com o nosso futuro, como tudo vai ser.

— Vai ser do meu jeito. Vou ter meu filho e vou criá-lo, com ou sem seu apoio ou o de Alfredo.

— O que tem seu marido com isso?

— Ele é o pai legal.

— Isso nós dois já aprendemos na faculdade. Ou seria também o pai biológico?

— De mim você não vai ouvir nunca mais que ele é seu filho. Se não acreditou desde o dia em que lhe contei, não vai acreditar nunca mais.

— Não é isso, Suzana! Não complique as coisas ainda mais!

— Quem está complicando é você. Não vou perder meu tempo para provar nada, porque tenho certeza de que o filho é seu. Mas você vai morrer com a dúvida.

Pedro não conseguiu acalmar Suzana, não havia argumento que a fizesse entender que ele tinha todo o direito de querer ter certeza. A conversa tornou-se tão áspera que Pedro foi para o banheiro e se trancou. Não queria discutir com Suzana daquela forma, mas não se conformava em ser tratado como um fantoche, como alguém que não tinha direito de perguntar sobre a vida íntima de sua amante com o homem com quem ela dormia todas as noites. Por mais delicada que fosse a conversa, seria necessária para que ele pudesse viver em paz com a futura mãe de seu filho.

Ficou trancado no banheiro até que Suzana o chamou. Abriu a porta, caíram nos braços um do outro. Pedro Quintana chorava copiosamente, e desabafou todas as suas dúvidas e receios. Falou da sua fragilidade de homem sem nenhum pudor. Contou como estava se sentindo inseguro para assumir a responsabilidade de ser pai, e aproveitou o momento para perguntar se ela mantinha relações sexuais com o marido. Ela respondeu com uma serenidade tão grande que Pedro não teve coragem de insistir em pormenores:

— Nossa relação sexual foge à normalidade. Eu não poderia estar grávida dele.

Mas Pedro continuou com dúvidas. Ainda se refazia da

forte emoção que sentira, quando Suzana completou o que pretendia:

— Creio que não precisamos mais falar sobre este assunto.

19.

Alfredo saiu de casa de madrugada. Sabia que chegaria atrasado à empresa, mas tinha como consolo o que ouvira de Mariza. Nunca pudera avaliar a maturidade da irmã caçula de sua mulher, sempre a via como uma mocinha e se esquecia de que ela já completara vinte e cinco anos. O ar juvenil era marca da família, pois Suzana também não aparentava a idade que tinha nem que já era mãe de dois filhos. A natureza fora generosa com as duas. Sua mulher continuava com o corpo esbelto e suas pernas não tinham marcas de varizes, tão comuns em mulheres que já pariram. Na próxima folga que tivesse, voltaria ao assunto com sua mulher, mas seguiria alguns dos conselhos da cunhada.

Não imaginava que Mariza fosse tão sagaz. Quando conversavam, teve a impressão de que ela sabia muito mais do que demonstrava sobre seu relacionamento íntimo com Suzana. Tinha certeza de que sua mulher nunca abriria a boca para contar o que acontecia entre eles na intimidade, mas ficara atento às observações de sua cunhada. Como ela tinha adivinhado que a gravidez de Suzana era de outro homem? Em nenhum momento Mariza colocara isso em dúvida. Ficou cismando se ela poderia ter levantado a hipótese de ser ele o pai, afirmar que o pai provável deveria ser ele, até para defender a irmã. Seria um argumento lógico, mas Mariza não tocou no assunto. Para ela, era como se ele não fosse marido de Suzana. Talvez tivesse sido descuidado ao se abrir tanto para a irmã de sua mulher. Não adiantava agora ficar se lamentando, pois o que falara não teria volta. Contara a Mariza que o segundo filho havia sido gerado por insistência de Suzana, pois ele não queria. Não precisava ter tocado no assunto. Talvez tivesse passado a impressão de que não gostava de sexo, o que implicaria insatisfação de sua mulher e pretexto para ela ter aventuras.

Chegou acabrunhado à empresa. Não conseguiu trabalhar direito. Foi ao RH para entregar o atestado e justificar sua ausência. Depois, procurou o departamento médico, pois estava com forte dor de cabeça. Submetido a exames de rotina, constatou-se que sua pressão sanguínea estava alterada. Respondeu a algumas perguntas do médico, que receitou um antidistônico suave e pediu-lhe que voltasse dentro de uma semana. Deixou consulta marcada e voltou ao trabalho, com a recomendação de retornar imediatamente se sentisse algum sintoma, como suor abundante, dor de cabeça ou o estômago revirando com ânsia de vômito. Ouviu as recomendações, mas não deu importância. Sabia que era saudável e que a variação de pressão era proveniente das desavenças com Suzana.

No fim do dia, não telefonou para casa como fazia normalmente. Acatou a opinião de Mariza de que Suzana precisava de um pouco de sossego, pois a solidão a faria pensar sobre o que estava acontecendo na vida dos dois. Como Alfredo a sufocava com telefonemas diários, recados para que ela retornasse a ligação e até cartas e cartões amorosos, ela sugeriu:

— Essa insistência em atenções exageradas irrita qualquer mulher. Não é disso que as mulheres gostam. Atenções demasiadas cansam, ao invés de agradar. Mulher gosta de sentir-se livre e de ter seus momentos de privacidade, como ir ao salão de beleza sem ter hora marcada para voltar nem ter que explicar por que cortou o cabelo e o tingiu naquela cor extravagante. Ela quer ser adulada, mas não bajulada. Ouvir que ela está diferente, mais luminosa e mais bonita do que quando a conheceu há vinte anos faz bem ao seu ego. Mas tudo sem exageros, pois há o risco de soar como mentira. Quando a mulher percebe que o elogio é falso, fica zangada e responde com um sorriso também falso e uma promessa silenciosa do tipo "Você não sabe, mas há quem goste de mim como eu sou". O homem precisa estar atento a essas pequenas sutilezas, para agradar as mulheres sem ultrapassar os limites perigosos da lisonja descabida.

Tais recomendações calaram fundo no espírito de Alfredo. Nem sempre é bom ouvir um conselho diferente daquilo que se espera ouvir. Quando se procura ajuda, na verdade, o que se quer é que alguém dê apoio àquilo que já temos em mente, e o contrário nunca é bem-vindo. Mas Mariza não o aconselhara nem lhe dissera como deveria agir. Ela falara dos anseios de uma mulher, e Alfredo, sabedor de sua idiossincrasia, ou "tara insuportável", como Suzana apelidara sua fixação por pés femininos, tinha prestado atenção às opiniões de uma jovem antenada à vida moderna, engajada nos movimentos de libertação feminina que invadiam o mundo.

Mariza devia saber mais coisas sobre sua relação com Suzana, senão não teria insinuado que o casal, para ter sucesso na relação, precisa saber do que o companheiro gosta, o que lhe proporciona prazer físico, pois o conceito de que se o homem está sentindo prazer a mulher também está há muito caiu em desuso. Prazer é troca, não é doação. Mulher quer ter prazer, não apenas ser objeto de prazer. Mariza não o poupou quando ele retrucou que Suzana tinha tudo que uma mulher podia sonhar em termos de conforto, filhos e atenção de marido:

— Você já perguntou a Suzana se ela se sente uma mulher completa?

Alfredo não respondeu, pois sabia que Suzana era uma mulher incompleta, insatisfeita e carente de sexo prazeroso. Teria que rever muita coisa, mas não sabia se ainda haveria tempo para reconquistar sua mulher, cuja reação, quando ele falou em aborto em troca de seu perdão pela infidelidade, o deixara surpreso e desapontado. Imaginou que ela estivesse fragilizada pela traição revelada, e que, para salvar seu casamento, aceitaria a imposição. O que descobrira, de maneira cruel, é que sua mulher não dava nenhuma importância ao casamento, e que a infidelidade fora cometida sem nenhum receio ou pudor.

Suzana confessara a infidelidade e a gravidez do filho "gerado com muito amor", recusando a proposta de abortar. O que mais doía era saber que houvera amor na infidelidade. Era insuportável aceitar que fora enganado também nos sentimentos. A entrega do corpo era tão casual na vida moderna que já não causava espanto nem provocava reações extremadas, do tipo "lavar a honra com sangue". Com as notícias sobre liberdade feminina na Europa, que já haviam invadido o Brasil, falar em traição estava ficando *démodé*, ele sabia, mas não se conformava, pois continuava preso ao passado, a um machismo que predominava à revelia da lei. Para as mulheres, as novas ideias significavam a liberdade de dispor de seu corpo como achassem mais conveniente, mas para os homens era difícil aceitar o novo comportamento. Não deveria ter permitido que Suzana frequentasse a Faculdade de Direito, onde, certamente, as ideias liberais vicejavam com mais força. Agora, era muito tarde para lamentar. Sua mulher adquirira novos hábitos, e quem sente o gosto da liberdade nunca mais se sujeita às restrições em troca de conforto material. Teria que se adaptar aos novos costumes se quisesse sobreviver e preservar o que já havia conquistado, ou achava que conquistara.

Essas reflexões atormentaram seu dia de trabalho e o acompanharam até a hora de dormir, depois de ingerir duas doses duplas do uísque que trouxera discretamente para o quarto.

20.

Mariza recolheu-se ao quarto logo após despedir-se de Alfredo. Não conseguia conciliar o sono. Estava preocupada com os rumos de sua vida, de seus sobrinhos e, especialmente, de sua irmã. Os reflexos danosos de uma atitude impensada de Suzana atingiriam toda a família. Não atinava com qual atitude tomar para evitar o desastre da separação. Não via saída, mas a abominável ideia do aborto a repugnava em sua sensibilidade. Falava mais alto o instinto de fêmea, obliterando as razões lógicas que teimavam em mostrá-la como decisão única. Soluções paliativas não a convenciam. Pensou até em pedir que o filho fosse entregue a seus cuidados para criar e educar, como fizera com seus sobrinhos desde sempre, mas faltava-lhe ânimo para enfrentar sozinha tão árdua tarefa.

Amava seus sobrinhos, mas desta vez era diferente. Sempre pudera contar com o pai e a mãe deles por perto, além de empregada para cozinhar, lavar e passar. Suzana nunca fora uma mãe muito presente no dia a dia, mas dava sua colaboração valiosa na hora de pôr freio nas traquinagens dos filhos. Sempre fora severa, mas branda nos castigos. Repreendia sem agredir. Alfredo, quando estava em casa, não ajudava muito. Brincava com os meninos e saía para levá-los à praia e ao parque de diversões. Desempenhava um papel importante, pois tirava os filhos de dentro de casa, dando uma folga para as mulheres. Descansar da gritaria que faziam quando brigavam por quase nada era um alívio, para os ouvidos e os nervos. Buscava coragem para oferecer a solução mais razoável para desatar o imbróglio armado por Suzana.

No dia seguinte, chamaria a irmã para uma conversa entre amigas, mas antes tentaria quebrar a hierarquia estabelecida entre as duas. Suzana, como irmã mais velha, provedora e responsável pela casa, não abria mão de seu posto, e isso precisava ser desfeito para que Mariza fosse ouvida. Era uma tarefa difícil, por isso estava se preparando para conversar com a irmã descabeçada, que permitira uma gravidez absolutamente fora de propósito. Beirava as raias da loucura o que fizera, mas não podia dizer para ela o que pensava nem contar que conversara com Alfredo. Esperava que ele omitisse o fato, senão colocaria tudo a perder.

Suzana nunca admitiria que sua vida privada fosse comentada por alguém. Mariza sabia disso, e se antecipara. Pedira total discrição a Alfredo sobre o que haviam conversado, mas não lhe prometera nada, pois isso seria trair a irmã. Apenas pretendia ajudá-lo, a Suzana, aos filhos do casal e a si própria, mas ele que não esperasse sua lealdade se para isso tivesse que afrontar a irmã. Alfredo assentiu, pois não tinha opção. Mariza era a única pessoa que poderia intermediar seu encontro com a mulher, o que proporcionaria a oportunidade de reatarem o diálogo perdido com a proposta do aborto. Mariza havia dito o que pensava ao cunhado, e o repreendera pela infantilidade de propor uma barganha tão absurda. A proposta tivera o único efeito de despertar em Suzana o sentimento de que o filho estava em perigo.

Mariza esperou Suzana acordar. Ficou rodeando-a, para sentir se ela estava bem disposta ou num daqueles destemperos que marcavam suas manhãs. Não sabia a que horas Suzana havia chegado, mas avaliava que devia ter sido com o dia amanhecendo. As crianças estavam entretidas na sala vendo TV, enquanto as duas sorviam um café requentado que a empregada havia deixado pronto antes de começar os preparativos para o almoço. Mariza continuou calada, esperando que Suzana iniciasse qualquer assunto, e sua paciência, finalmente, foi recompensada.

Suzana queria falar, mas parecia estar se dando um tempo para despertar por completo. Mariza percebera que sua noite na casa do amante não tinha sido reparadora, pois suas olheiras estavam pronunciadas. Quando Suzana se animou e perguntou se tudo estava bem, a que horas Alfredo saíra e se as crianças tinham ido dormir cedo, Mariza sentiu que era o momento adequado para dar início à conversa. Suzana ficou em silêncio enquanto ouvia Mariza desfilar uma série de fatos que desconhecia, como, por exemplo, que seus filhos já haviam percebido que alguma coisa não estava bem entre ela e Alfredo.

Nesse ponto, prestou mais atenção. Mariza, sentindo que despertara o interesse da irmã, tomou fôlego e foi debulhando um rosário de situações que exigiam dela uma atitude firme como mãe, como dona da casa e como mulher de Alfredo. Foi contundente:

— Eu sei que sou sua irmã mais nova, mas você me dá liberdade para dirigir sua casa como se fosse minha. Acho que não preciso lembrá-la de que não posso substituí-la em algumas tarefas. Posso obrigar meus sobrinhos a fazerem seus deveres, a tomarem banho, a vestirem seus uniformes e até proibi-los de comer guloseimas se não almoçarem. Mas não posso ser mulher de seu marido. Nem quero. Mas sinto que Alfredo está desorientado.

Suzana a interrompeu:

— Desorientado!? Porque não tem feito sexo comigo?

— Mas que ideia, Suzana! É claro que não. Não temos liberdade para falar sobre esse tipo de assunto. Vou repetir: percebi que Alfredo estava desorientado. Satisfeita?

Mariza preferiu dar por encerrada a conversa. Não escolhera a hora certa. Pelo menos, iniciara o que precisava fazer. Da próxima vez seria mais fácil.

21.

Suzana sabia que havia exagerado ao perguntar a Mariza se Alfredo falara sobre sexo com ela. Conhecia bem o marido. Ele era doente, portador de uma anormalidade abjeta, mas seria incapaz de conversar com alguém sobre suas relações íntimas. No dia em que lhe pediu para procurar um psicólogo que o ajudasse a superar o fetiche, recebera um sonoro "não". Disse-lhe que os hábitos sexuais dele tinham sido estudados pela medicina e considerados normais, tanto quanto quaisquer outros fetiches. Havia milhares de outros praticados nas alcovas, alguns muito piores, pois colocavam em perigo a vida dos parceiros, já que os fetiches não eram exclusividade dos homens. Alfredo demonstrara que conhecia o assunto, pois enumerara uma série enorme deles, desde o sadomasoquismo até a fixação de certos homens por fantasiar suas mulheres de freiras, colegiais, prostitutas e militares. A diversidade de taras masculinas era muito grande, e quanto mais Alfredo contava, mais se empolgava, descrevia os desvios com requintes de desusado prazer.

Suzana relevava a empolgação. Imaginava que devia ser para justificar sua tara pessoal. Mas quando ele começou a falar sobre homens que adoravam manter relações com suas companheiras quando estavam menstruadas, não quis mais ouvir. Ficaram sem nenhum contato íntimo por longo tempo, mas a vida de casada impõe certos deveres, e ela acabou por submeter-se aos desvios do marido. O casamento já durava dez anos quando ela, não suportando a situação, começou a ter suas aventuras. Nunca imaginou que um dia se envolveria seriamente. Para ela, seriam apenas fugas, e muitas delas lhe trouxeram decepções. Para submeter-se a taras diferentes, melhor continuar satisfazendo seu marido.

Até que aconteceu o inevitável: apaixonou-se por Pedro. Não sabia dizer realmente se ele era o homem ideal, mas era dele que estava grávida. Ficava imaginando se alguma mulher sabia realmente se o homem que tinha era o ideal, e conseguia entender por que as mulheres traíam tanto quanto os homens. E isso iria aumentar cada vez mais, até o ponto em que elas trairiam mais do que eles. Depois que a mulher descobrira que tinha os mesmos direitos, pois os deveres ela sempre soubera repartir, o casamento mudara de direção. A família não era mais constituída com o objetivo de gerar filhos, preservar a espécie. Outros valores, importantes e mais substanciais do que acasalar, caracterizavam as relações entre marido e mulher. A mulher queria ser vista como ser humano atuante, sentir-se tão importante como seu homem. O chefe de família não perdera sua importância, contanto que se reconhecesse que ao lado dele havia uma mulher da mesma importância e relevância, desempenhando, na maioria das vezes, funções adicionais mais importantes do que a de simples provedor.

Não há mais comparações qualitativas, pois homem e mulher se equivalem, e Suzana aprendera isso a duras penas. Só se libertara da fidelidade imposta pelo casamento quando descobriu que tinha a obrigação de sentir prazer. A pílula tinha acabado com a preocupação de engravidar, dando um *up* à relação. Seu organismo não havia se adaptado à dosagem inicial prescrita pelo médico, mas ela não desistiu. Com Pedro foi diferente. Preferiam o uso da camisinha e, depois, foram relaxando. Pedro só a usava quando estava muito excitado. Às vezes, quando já não era mais preciso. Suzana estava convencida de que a gravidez ocorrera quando a camisinha se rompeu, após um amor intenso. Sabia que havia facilitado, mas não estava arrependida. Ter mais filhos sempre fizera parte de seus desejos mais íntimos. Estava muito feliz com os dois que já tivera, mas a vinda de um terceiro a tornaria mais completa, era como se sentia.

Desde que a intimidade com Alfredo esmaecera, vinha evitando a ideia de ter mais filhos. Com ele, não queria mais ser mãe. Agora, sabia da gravidade da situação e até entendia por que Pedro estava tão desesperado, entre outras coisas porque não tinha condições financeiras para arcar com seu padrão de vida, sustentar uma família com outros dois filhos e uma cunhada como dependente. O apartamento em que morava era confortável para uma pessoa e, com boa vontade, até poderia abrigar um casal e um filho. O quarto era grande, mas apenas um. A sala de visita, confortável, era conjugada com a sala de jantar. Na cozinha cabiam fogão, geladeira e armários suspensos. Como Suzana e seus dois filhos poderiam viver naquela casa modesta?

Ela não sabia se Pedro tinha condições de se mudar para um apartamento mais amplo, ou uma casa na zona norte, pois na zona sul, pelo preço dos aluguéis, seria um sonho impossível. Um arrepio de medo percorreu-lhe o corpo ao simples pensamento de morar na zona norte. Conhecia pessoas ricas que preferiam a paz dos subúrbios e se cercavam de todo tipo de conforto, até muito mais conforto do que ela, que morava em Ipanema, em um apartamento perto da praia. O apartamento era amplo, mas não se comparava às casas que conhecia na zona norte, com jardins, piscina e quadra de tênis, um luxo caro. Não poderia sonhar com aquilo sendo amante de Pedro, um comerciante modesto, dono de uma loja na região comercial mais antiga do Rio de Janeiro. Ela não trabalhava. Tinha dinheiro porque Alfredo era generoso com a mesada, isso, enquanto fosse casada com ele e morasse sob o mesmo teto. Mas abortar seu filho em troca de tudo isso não lhe passava pela cabeça. Estava fora de questão a abjeta proposta de Alfredo. Tampouco abriria mão de seus dois filhos. Alfredo que se arranjasse e saísse de casa. Ela não arredaria pé.

Absorvida nesses pensamentos, esqueceu-se de que os filhos precisavam de atenção. Deu-se conta de que a hora do almoço já havia passado. Quando saiu do quarto, deparou-se com o apartamento em completo silêncio. Foi encontrar Mariza sentada na sala, lendo uma revista de moda. Interrogou a irmã:

— Onde está a empregada?

— Pediu folga na parte da tarde. Como não queria incomodá-la, consenti. As crianças já foram para a escola e estou esperando para conversar com você, se estiver disposta a evitar agressões desnecessárias.

22.

Pedro Quintana levantou-se antes de Suzana. Foi até a cozinha, revirou armários à procura de açúcar, café e apetrechos para coá-lo. Na geladeira, encontrou pão de forma e um pacote de manteiga, que jogou no lixo, pois já estava rançosa. Os iogurtes estavam vencidos e tiveram o mesmo destino. Conseguiu, finalmente, verter água fervente sobre um coador improvisado feito com um pano de prato. Levou o café e o pão de forma à mesa da sala. O café cheirava bem, o que provocou um sorriso compreensivo de Suzana. Pedro continuava atrapalhado, agora com as xícaras e o açúcar. Esqueceu-se de trazer os talheres. Suzana foi à cozinha e terminou de improvisar um café da manhã *corajoso*, sem mais nada além de pão e café ralo. Era o que havia.

Mastigaram o pão e sorveram o café. Ela saiu logo em seguida, pois queria chegar em casa antes que os filhos acordassem. Despediram-se à porta e ele voltou ao quarto, antes de sair para abrir a loja. Tivera uma noite maravilhosa com a mulher, que, a cada dia, mais admirava, amava e desejava. No entanto, embora estivesse em paz quanto ao relacionamento com Suzana, as agruras que o atormentavam sobre o que viria dentro de poucos meses o deixavam cada vez mais inquieto e, de certa forma, infeliz, pois o privavam de viver plenamente a paternidade. Não poderia acompanhar a gravidez de Suzana se ela continuasse na casa do marido. Percebeu que ela estava menos decidida do que na semana anterior. Durante a noite, conversaram sobre a situação. Sentiu que Suzana titubeava sobre a separação, devido às incertezas do futuro, especialmente quanto à sobrevivência saudável de seus dois filhos. Sabia que Alfredo continuaria provendo as despesas dos filhos, mas sabia também que, por mais generoso que fosse, não o seria com ela.

Suzana lhe confidenciara essas preocupações em um momento de fragilidade. Não teve coragem de dizer que ele teria que assumir a responsabilidade, pois sabia que era impossível. Suzana temia pelo filho que ia nascer e também por Mariza, uma filha também, pois dependia dela. Se Mariza já estivesse trabalhando e ganhando seu sustento, seria uma pessoa a menos para se preocupar, mas isso estava longe de acontecer. Ela ficara muito indecisa quanto a que caminho tomar quando viera para o Rio de Janeiro, o que retardou o início do curso de línguas. Suzana contou que não foi fácil no princípio, pois Mariza teve que vencer a inibição, o sotaque nordestino e os limites de sua parca base de conhecimento, pois sempre estudara em colégio público no Recife, cidade que não primava pela excelência no ensino.

Pedro ficou contrafeito. Quanto mais ouvia, mais amedrontado ficava pelas responsabilidades que teria de assumir se Suzana e Alfredo decidissem romper o casamento, cada um tomando seu rumo na vida. Como gostaria de ser rico, poder dizer a Suzana que não se preocupasse! Mas bancar o herói para subir no conceito de Suzana seria uma estupidez. Não era de seu feitio ser arrogante e mentiroso. Mantinha seus pés plantados no chão, para não cair sentado e sujar os fundilhos.

Saiu para a loja com o firme propósito de estimular as vendas de alguma forma. Não tinha reservas para inserir anúncios em jornais e revistas. Propaganda custava muito dinheiro, e o retorno nem sempre compensava o dispêndio financeiro. Além do mais, seu estoque de móveis era muito pequeno. Se vendesse tudo a preços promocionais, não sabia se conseguiria comprar outros móveis para suprir a loja e continuar no negócio. Teria que investir dinheiro extra, mas não conseguia imaginar como e onde arranjar capital de giro. Assumir empréstimo em banco seria apressar sua falência, pois o lucro era pequeno e os juros seriam altos. Vender o carro era praticamente impossível, pois precisava dele para visitar clientes e comprar móveis usados. Seria um jeito de diminuir suas chances de bons negócios. Os concorrentes chegariam primeiro e comprariam as melhores peças.

Quando se aproximava da loja, viu um movimento estranho na rua: vários carros do corpo de bombeiros se encontravam estacionados nas imediações de sua loja. Acelerou o carro ao avistar fumaça, mas não conseguiu identificar se o incêndio era em sua loja. Estacionou de qualquer jeito e saiu correndo. O coração estava disparado, a garganta, seca. Era mesmo sua loja de móveis. Os bombeiros tentavam salvar os prédios próximos e evitar que as chamas se alastrassem, evitar que se tornassem incontroláveis. Vendo que não podia fazer nada, nem sequer ultrapassar o cordão de isolamento, sentou-se na beirada da calçada e começou a chorar, desesperadamente.

23.

Alfredo estava decidido a dar uma guinada em sua vida. Depois da bebedeira da noite anterior enfrentou um dia duro, pois a dor de cabeça não lhe dava sossego. Medicou-se com analgésicos. Não foi ao posto médico, pois temia levar uma reprimenda do médico da companhia. Disposto a seguir os conselhos de sua cunhada, não telefonou para casa, como fazia habitualmente. Deixaria de ser "pegajoso", como Mariza recomendara. Talvez assim sua mulher lhe desse mais valor e até sentisse sua falta. A ausência de atenção é logo sentida, diferentemente dos cuidados dispensados ao ser amado. Enquanto houver atenções e cuidados, quem os recebe não costuma dar muita importância, pois se julga merecedor e acha que o outro está fazendo apenas sua obrigação.

Sempre cobrira Suzana de carinhos. Qualquer gesto de desagrado era motivo para presenteá-la com flores, chocolates e joias. Estava convencido de que errara infantilmente em seu relacionamento. Ela precisava de um marido mais positivo, não de um banana, como ele havia se mostrado ao longo dos doze anos de casamento, dizendo "sim" a todos os desejos dela, sem se preocupar com mais ninguém. Esquecera-se de si próprio. Desde que a conhecera, não se lembrava de ter-lhe recusado nada, nem mesmo os pequenos caprichos. Fazendo um balanço honesto de sua vida de casado, sentia-se inferior na relação com sua mulher.

Anulara-se, em prol do bem-estar dela e dos filhos. Não viajava nas férias porque Suzana resolvera fazer um curso de Direito e as datas em que ele podia viajar não coincidiam com as férias na faculdade. Ela dava valor a tudo, menos a ele, se esquecia de que ele tinha interesses pessoais e profissionais que exigiam atenção. Suzana o transformara em mero provedor da casa. Reconhecia que tinham problemas na intimidade, mas nada que não pudesse ser superado. Estava engasgado, pois nada justificava o disparate da gravidez com outro homem. Quando ela jogou na sua cara que se submetia às suas taras e por isso tinha direito de procurar satisfazer sua libido, não quis retrucar. Sabia que seria inútil, pois nada mudaria o fato de que estava grávida. Ouvira as ponderações de Mariza sobre o aborto e a amoralidade do procedimento. A ele também repugnava a ideia, mas ficara indeciso entre exigir o ato infame para perdoá-la e sua dignidade de marido. Qual dos dois pesava mais? Não conseguia encontrar uma resposta adequada. E por estar indeciso, sofria.

A dignidade de um homem não se mede por sua posição social e financeira, mas pela autoestima, que na convivência com Suzana havia sido apequenada. Alfredo já não sabia mais se se mantinha vivo porque precisava criar seus filhos ou porque não tinha coragem de dar cabo à própria vida. Sentia-se covarde até na alma, pois para matar-se é preciso coragem. Quando ouvia alguém falar que o suicida é covarde, não conseguia concordar.

Quem se mata nunca poderia ser taxado de covarde. Covardia é não ter coragem de abreviar a vida. Os suicidas são corajosos, pois vencem a si mesmos. Covarde é quem mata o próximo por outro motivo que não o de defender sua própria vida. Embalado por esses pensamentos mórbidos, não percebeu que o expediente já terminara e que podia recolher-se ao seu quarto de hotel. Passou no supermercado e comprou mais uma garrafa de uísque.

24.

Quando recebeu a notícia do incêndio, Suzana não conteve o pranto. Saiu de casa sem se preocupar como estava vestida e foi encontrar o amante em frente aos escombros ainda fumegantes da loja de móveis. Pedro estava inconsolável. Quase não falava, sufocado pelo choro convulsivo. Suzana o abraçou. Tentou acalmá-lo:

— Você é jovem e vai reconstruir tudo. Estou do seu lado.

— Minha loja acabou, Suzana. O fogo comeu tudo. Era daqui que eu tirava o meu sustento.

— Não é o fim do mundo. Você está vivo. Já imaginou se estivesse dentro da loja quando o fogo começou? Podia ter morrido. Deus ajuda quando a gente precisa.

— Deus não ajuda ninguém, Suzana. Não vou me iludir com essas bobagens. Ele não atrapalha, mas também não ajuda.

Suzana sentiu que não era o momento adequado para tentar convencer Pedro de coisa alguma, pois o desespero dele era evidente. O melhor que podia fazer era levá-lo para casa. Felizmente, viera de táxi, e pôde voltar dirigindo o carro do amante.

Ficou o dia inteiro com ele. Telefonou para Mariza, mas não contou o que acontecera. Pediu-lhe que cuidasse das crianças e da casa e que faltasse ao curso, pois não sabia quando voltaria. Perguntou se Alfredo havia telefonado. Ao saber que não, insistiu:

— Você tem certeza de que ele não telefonou?

Mariza confirmou. Ficou esperando que Suzana falasse mais alguma coisa, mas a irmã desligou o telefone com um "está bem" frouxo. Suzana deitou-se ao lado de Pedro e ficou afagando seus cabelos até que ele adormecesse.

O incêndio da loja teve um impacto inesperado na vida dos dois. Quando Pedro estivesse em condições de conversar mais serenamente sobre o que estava ocorrendo, compartilharia seus temores com ele. Doravante, sua situação financeira tomaria outra feição. Ele já não era mais um comerciante, mas um simples estudante de Direito. Entendia o desespero do amante, que devia ter percebido em que situação se encontrava após o malfadado incêndio. Pelo que sabia, Pedro não tinha economias reservadas. O lucro da loja era investido na compra de estoques. Afirmara para ela: "O dinheiro do comerciante está no estoque de mercadorias. Havendo variedade de mercadorias, aparecem os compradores, e o dinheiro entra no caixa".

Pobre Pedro! Não tinha mais mercadorias nem dinheiro. Ela não podia ajudar o amante; gastava o dinheiro que recebia de mesada sem preocupação, pois sabia que no mês seguinte teria outro tanto. Alfredo representava segurança e estabilidade; podia viver tranquila com seus filhos, debaixo de teto próprio, onde não faltavam alimentos nem os confortos modernos. Quem proporcionava tudo isso era seu marido, o espezinhado Alfredo, a quem não poupara quando lhe dissera, sem nenhuma compaixão, que o filho que trazia no ventre era de outro homem.

Alfredo demonstrara altruísmo e superioridade; outro homem talvez a tivesse colocado para fora de casa a pontapés, mas ele não, foi generoso e compreensivo. Não sabia se por amor a ela ou aos filhos, o que pouco importava. A reação dele tinha sido natural, mas sem exageros. Queria que ela abortasse em troca do perdão à infidelidade; razoável. Não a cobrira de impropérios. Ela, sim, fora destemperada, atrevida e insolente: traiu o marido, confessou a traição e ainda impôs condições.

Agora estava vivendo seu inferno particular, deitada ao lado do amante falido, um homem "sem eira nem beira", como diz a sabedoria popular, *mas pai de seu filho* — veio-lhe à mente. Começou a chorar, desconsolada. Foi para a sala sem acordar Pedro Quintana. Ela é quem tinha errado. Pedro a tinha conquistado, exercera seu papel de macho. Mas ela não poderia nunca ter prolongado o romance. Queria apenas uma aventura, igual às que tivera antes. Quando Pedro quis terminar o relacionamento, ela foi quem se recusou. Não podia reclamar da sorte, nem do que viesse a acontecer no futuro. Fora e seria a única responsável, para o bem e para o mal, pois não tinha ninguém para repartir responsabilidades.

Pedro era o pai, mas poderia ter sido qualquer outro homem com quem se relacionara em suas impensadas fugas de seu casamento incompleto. Não existia a pílula cinco anos atrás, quando começara a se aventurar para satisfazer sua libido. As conquistas da liberdade sexual da mulher eram recentes, mas somente para aquelas que não tinham incompatibilidade com o princípio químico que inibe a fertilidade. Ela tinha usado a pílula durante algum tempo, com a dosagem de progesterona indicada por seu médico, mas os efeitos colaterais continuavam a incomodar. Fora obrigada a abandonar o método moderno e aderir à camisinha, correndo os riscos da ruptura durante o ato sexual.

Na verdade, se descuidara quando começou a gostar de Pedro. Admitia que, talvez inconscientemente, desejasse ter mais um filho, e Pedro preenchia essa necessidade. Era um homem gentil, carinhoso, e sentia que ele se tornara importante em sua vida. Limpou o rosto quando ouviu barulho no quarto. Pedro veio e a encontrou com os olhos injetados. Não adiantava fingir que estava tudo bem. Suzana abraçou-o carinhosamente e perguntou se queria sair para comer, pois ela estava com fome. Pedro respondeu que estava desanimado, mas gostaria que ela fosse almoçar e trouxesse comida para ele, pois sabia que mais tarde iria querer:

— Não tenho vontade de ver ninguém hoje, a não ser você. Mais tarde vou telefonar para o contador, para acionar a companhia de seguros.

Suzana ficou mais aliviada ao saber que havia um seguro. Tinha esperanças de que Pedro pudesse montar outra loja. Preferiu comprar comida para os dois e almoçarem juntos no apartamento. Ele estava muito abatido, seu estado de ânimo era dos piores. Procurou animá-lo, mas também estava insegura quanto ao futuro dos dois. Será que ela estava sendo castigada por seus erros? Nunca tivera o hábito de frequentar a igreja, mas estava precisando recolher-se a uma igreja silenciosa para refletir sobre sua vida. Ficou até o fim do dia fazendo companhia a Pedro, mas precisava voltar para casa; seus filhos, quando chegavam do colégio, procuravam por ela em todos os cantos. Pedro assentiu, beijou-a ternamente e pediu que mais tarde telefonasse para ele, pois estaria com saudades. Tentou agradecer, mas Suzana fechou seus lábios com dois dedos e um sorriso encantador:

— Você não precisa me agradecer. Tudo o que eu fizer será por amor a você, Pedro.

25.

Mariza já tinha servido o jantar às crianças quando Suzana chegou. Não perguntou nada à irmã, que sabia imprevisível. Tanto podia contar o que fizera durante todo o dia como não dizer nada. Quando ela não respondia, era sinal de que não devia insistir, pois a bronca seria grande. Para sua surpresa, foi Suzana quem a chamou para conversar, depois que os meninos foram dormir.

Mariza manteve-se em silêncio, pois sentiu que a irmã estava precisando desabafar. Suzana falou de seus medos e incertezas sobre o futuro de seu casamento. Perguntou novamente se Alfredo havia dado notícias. Como Mariza dissesse que não, ela completou:

— Será que Alfredo está bem? Seria bom você ligar e perguntar.

— Amanhã cedo eu ligo.

— Por que não liga agora?

— Não é melhor você mesma ligar, Suzana? Ela já deve estar no hotel, pensando em dormir.

— Tudo bem. Amanhã você liga logo cedo, antes de ele sair para trabalhar.

Mariza não respondeu. Estava decidida a não ligar, pois não era mulher dele. Se Suzana queria saber notícias do marido, ela que telefonasse. Estava cansada de fazer papel de moleque de recados. Alfredo tinha suas razões para reclamar da mulher, mas achava que ele não tinha ligado por ter dado ouvidos aos seus conselhos. Esperava que ele desse uma de marido machão, pois sua irmã precisava acordar para a realidade e lhe dar mais valor. Ele podia ter muitos defeitos, mas nunca fora um mau-caráter, pelo menos até onde ela sabia. Se havia desencontros na vida íntima dos dois, por mais graves que fossem, nada justificava a atitude de sua irmã, desrespeitando o dever de fidelidade recíproca que todo casal deve cumprir enquanto está vivendo sob o mesmo teto. Às vezes, ficava achando que sua irmã não regulava bem da cabeça. O absurdo daquela gravidez até agora não fora explicado. Por que Suzana tivera a petulância de dizer ao marido que o filho era de outro homem? Será que ela e Alfredo não mantinham relações sexuais? Ou será que Alfredo tinha algum problema? Sabia que muitos homens, depois dos quarenta, costumavam falhar, ou até ficavam impotentes. Mas se fosse isso, haveria de ter tratamento. Era um homem inteligente e bem informado. Suzana, certamente, o ajudaria a se tratar, fosse problema físico ou psicológico. Como não atinava sobre o que estava acontecendo entre o casal, fazia conjecturas. Tinha vontade de perguntar à irmã, mas o respeito que lhe devotava a desencorajava. Ela era sua amiga, mas não dava brecha para falar sobre assuntos pessoais. Lembrou-se de que nunca pudera conversar sobre suas pequenas dúvidas de adolescente, e ao se tornar mulher tinha se aconselhado com sua ginecologista. Suzana era tão reservada que nem mesmo permitiu que fosse à ginecologista dela. Fez questão de que tivessem médicas diferentes. Como sempre tinha sido dependente dela, aquiesceu. Quando terminasse seu curso de línguas, teria seu emprego e seu dinheiro. Em breve poderia dar seu grito de liberdade, pois já não suportava mais o ambiente carregado que reinava no apartamento. Sentiria saudades dos sobrinhos, mas precisava ter seu cantinho para morar. Os meninos logo entrariam na adolescência e perceberiam as desavenças dos pais. Não conseguiria mentir quando lhe perguntassem o que estava acontecendo.

Estava tão envolvida nesses pensamentos que não ouviu quando Suzana indagou:

— Afinal de contas, o que você acha que devo fazer com relação a Alfredo?

— Não sei, Suzana.

— Como, não sabe? Acho que você não estava prestando

atenção ou está se fazendo de boba.

— Estava distraída. Pensando que rumo você pretende dar à sua vida.

— Quem dá rumo na minha vida sou eu. Não preciso de conselhos. Se precisar, peço. Quero saber é se devo aceitar a proposta de Alfredo...

— Que proposta?

— Assim fica impossível conversar! Você não sabe que ele me propôs abortar em troca de perdão?

— Sei apenas o que ouvi quando estavam discutindo aos gritos. Era impossível não ouvir, mesmo com a porta do quarto fechada.

— E então?

— Abortar um filho é uma decisão que só sua consciência pode tomar. Eu abomino a ideia.

— Era isso que eu queria saber. Posso contar com seu apoio para enfrentar Alfredo?

— Sou contra o aborto, Suzana. Só isso. Se serve de apoio para você, estou do seu lado, mas não pense que vou ficar contra Alfredo. Gosto de meu cunhado, acho que você é que não o merece como marido. Vê se acorda para a vida, Suzana! Você não é mais nenhuma criança, já é mãe de dois rapazinhos...

Mariza levantou-se e foi para o quarto chorar. Suzana não deu importância ao rompante da irmã mais nova, mas parecia satisfeita por ter conquistado uma aliada.

26.

Pedro ligou para o contador somente na manhã seguinte. Depois que Suzana saiu, ficou prostrado em frente à TV, sintonizada em um programa idiota, que prometia milhões de prêmios a quem acertasse o nome de uma música. *Se tivesse algum talento, eu poderia tentar a vida artística. Afinal, sou um homem bonito, tenho o rosto simétrico e cabelos fartos.* Comparava-se aos artistas da TV. Nem todos eram bonitos como ele, mas sabiam interpretar. Isso mesmo: sabiam interpretar. Convenciam a quem assistia de que eram ricos ou muito inteligentes. Estranhamente, poucos tinham profissão definida. Pertenciam ao mundo do faz de conta que entretinha milhões de pessoas, uma vida de fantasia, fuga da realidade.

É isso *que preciso fazer neste momento. Fugir da realidade em que estou vivendo e fantasiar um pouco minha vida.* O impacto de felicidade que recebera ao saber que seria pai se desvanecia à medida que os problemas decorrentes da gravidez iam surgindo. Já não sabia mais se era motivo de felicidade ou de decepção. Fez um balanço da quantidade de infortúnios que estava tendo depois que conhecera Suzana. Não acreditava em castigo divino, mas a sucessão de dificuldades, impossibilidades e desastres, aí incluído o incêndio de sua loja, era por demais evidente para que não se importasse. A possibilidade de ver seu filho nascer e acompanhar seu dia a dia já era um sonho irrealizável. Viver sob o mesmo teto com Suzana era outra impossibilidade. O que realmente sobraria? Bebeu um copo de água e foi dormir com fome. O almoço que Suzana trouxera fora seu único alimento do dia.

Quando acordou no dia seguinte experimentou a continuação dos pesadelos que o tinham atormentado durante toda a noite. Estava exausto. O corpo doía como se tivesse levado uma surra. Custou a deixar a cama. Tentou dormir um pouco mais para ver se esquecia o mundo. Estar acordado já não representava nenhuma alegria.

Criou coragem para falar com o contador. As notícias sobre o incêndio tinham chegado ao conhecimento dele pelos jornais, e ele já havia comunicado o sinistro à seguradora. Havia alguns documentos indispensáveis para abrir o processo de indenização, mas Pedro estava sem ânimo para correr atrás do boletim do corpo de bombeiros e outros entraves burocráticos. Passaria no escritório para assinar uma procuração dando poderes ao despachante, para que providenciasse tudo. O contador confirmou que o seguro seria suficiente para cobrir parte do passivo da firma. Queria saber se o proprietário do imóvel ia permitir que ele reconstruísse a parte destruída para montar outra loja.

Pedro não sabia. Ia procurar o proprietário do imóvel, mas já adiantava que provavelmente teria que ressarci-lo pelos estragos e não teria a possibilidade de reabrir a loja, pois o dinheiro que restasse não seria suficiente para pagar os fornecedores e comprar mais mercadoria. Não tinha certeza, mas havia uma cláusula no contrato de locação especificando que em caso de incêndio ou destruição total do imóvel o contrato estaria rompido automaticamente. Leria o documento, estava com ele no apartamento.

Depois de relaxar debaixo do chuveiro, criou coragem e foi ver os escombros. Chorou muito enquanto procurava algum objeto que pudesse ter escapado da destruição. Havia um recado na loja contígua à sua para que telefonasse para o senhorio. Sabia o que o dono da loja queria. O contrato de locação era claro. Felizmente, os estragos se limitavam ao espaço que ocupava. Os bombeiros tinham sido eficientes e evitado que as chamas ultrapassassem os limites físicos do imóvel destruído.

Os dias se arrastaram lentamente. Não tinha nada para fazer o dia inteiro, a não ser esperar o laudo da seguradora para receber e pagar ao senhorio e aos fornecedores, recolher os impostos devidos e acertar com o contador.

No final, sobrou pouco dinheiro, apenas o suficiente para continuar pagando por cerca de um ano o aluguel do apartamento e a faculdade. Não gastava muito com alimentação, mas passou a comer em casa, pois ir a um restaurante todos os dias tornou-se impossível.

Já não via Suzana amiúde. Quando muito, uma vez por semana. Ela desistira do curso de Direito, pelo menos até que a criança nascesse. Não tinha disposição de conversar com ela sobre o futuro, pois não vislumbrava nenhum. Amavam-se sem encanto, e Suzana voltava para casa. Não trocavam telefonemas, para evitar mais problemas com o marido dela. Ela havia pedido sua compreensão, pois estava tentando encontrar um modo de convivência mais amena com Alfredo. Ele não entrou em pormenores nem perguntou o que significava "convivência mais amena". Quando Suzana começou a engordar e o ventre a inchar, foi invadido por um sentimento de angústia profunda, que não o deixava pensar direito. Não conseguia dialogar com ela, que estava cada vez mais distante.

Procurava entender o silêncio da amante, mas seu comportamento estava muito diferente. Seria por causa da gravidez? Sabia que a mulher se torna mais apática, pois os hormônios influenciam o humor. Quando vinha vê-lo, Suzana às vezes chegava eufórica, beijava-o e dizia que ele era o homem de sua vida. Mas isso durava pouco; quando saía mostrava-se deprimida e com raiva dele, como se fosse ele o único culpado por aquela situação na qual estavam atolados até o pescoço.

Ele não brigava, nem reclamava das mudanças de humor. Não tinha ânimo para discussões. Procurava ter paz de espírito para encontrar uma solução financeira que lhe permitisse sobreviver antes que o dinheiro acabasse. Tinha sido comerciante a vida inteira. Agora, descobrira que sua experiência era inútil para se candidatar a um trabalho. Conseguira ser aceito como vendedor em uma loja de móveis, mas ficara no emprego apenas uma semana. Sabia comprar e mandar, mas não sabia obedecer ordens. Quando o patrão reclamava que as vendas estavam baixas, tinha vontade de dizer-lhe que ele é que não sabia comprar. Não adiantava dizer que a margem de lucro era exagerada, pois ele retrucava que os impostos sobre os produtos é que os encareciam. Além do mais, não havia muitas lojas de móveis antigos onde pudesse oferecer seus serviços.

Desistiu de tentar quando soube que todos os comerciantes do ramo já sabiam que ele não era bom funcionário. Pensou em fazer concurso público, mas se desinteressou ao verificar o programa de estudos, as exigências e a incerteza de que seria chamado. Teria que se submeter a ser estagiário em um escritório de advocacia. Estava no quarto ano de Direito e podia solicitar sua carteira de estagiário. Não tinha outro caminho, senão enfrentar a carreira e ombrear com a juventude de universitários com pouco mais da metade de sua idade.

Engoliu o orgulho e conseguiu um estágio remunerado. Não era muito, mas ajudava no aluguel e preenchia o tempo ocioso, que estava destruindo seus nervos. A adaptação ao escritório foi mais fácil do que imaginava. Os advogados mais antigos o tratavam com respeito e deferência, diziam que ele era estagiário "sênior", brincadeira que aceitou de bom grado. Tornou-se o estagiário favorito do titular da banca. Em poucos meses, estava acompanhando o causídico em audiências no foro cível. Criou novo ânimo, já nem se importava mais se Suzana vinha vê-lo ou o deixava sem notícias durante semanas seguidas. Voltou a frequentar a praia e a conhecer muita gente. Preparava-se para um dia ser advogado e viver da profissão. Por isso, exercitava-se na arte de conhecer pessoas e, principalmente, de tornar-se conhecido, pois de nada adiantaria conhecê-las se não soubessem quem ele era e o que fazia.

27.

Alfredo passou o fim semana em casa. Manteve-se em absoluto silêncio durante todo o tempo. Suzana havia lhe telefonado duas vezes para que viesse, mas ele a tratou friamente, seguindo os conselhos de Mariza. Notou que havia flores na mesa de centro da sala de visitas, coisa rara. Não comentou nada. Não beijou Suzana, mas sim Mariza. Perguntou se ela estava bem e se as crianças haviam feito seus deveres escolares. Quis saber também se continuavam obedientes ou precisavam de alguma reprimenda de pai.

Agiu normalmente durante todo o dia, e, à noite, já preparado para dormir, viu Suzana deitar-se ao seu lado e o abraçar. Não fugiu ao abraço, mas não retribuiu. Ela insistiu e o acariciou para excitá-lo. Fizeram amor. Ele não pediu nem insinuou que gostaria de satisfazer seu fetiche. Suzana foi ao banheiro. Alfredo ficou imaginando o que ela queria. Fazia alguns anos que não mantinham relações sexuais normais. Alfredo já não sabia há quanto tempo não tinha sua mulher sob seu corpo.

Sentiu saudades dos tempos de namoro e dos primeiros meses de casados. Quando ele se revelara fetichista, ela tinha ficado assustada. Cedera aos poucos, mas não se recusava ao intercurso. Quando ela quis o segundo filho, tiveram uma segunda lua de mel, mas após o parto Suzana nunca mais permitiu que ele a penetrasse. Saciava a vontade dele e depois corria para o banheiro para vomitar. Fez as contas: o filho mais novo já completara oito anos, o que queria dizer que havia oito anos que ela o traía. Se não fosse pela gravidez, que supunha ter ocorrido por descuido, continuaria sendo enganado.

Perdido nessas reminiscências, não percebeu que Suzana retornara ao leito e o acariciava ternamente. Não conseguia retribuir os carinhos. Estava entorpecido, o que contrariava sua índole de homem disposto a perdoar ofensas, mas perdoar em troca de ela abortar seria realmente perdoar? Alfredo já não conseguia raciocinar claramente. A mãe de seus filhos estaria pedindo perdão pela infidelidade? Como explicar a atitude de submissão de Suzana, senão como um pedido de perdão? Na verdade, sentia que não a havia perdoado, apenas feito uma proposta: o aborto pelo perdão. Fora uma crápula.

Não conseguiu conter as lágrimas, que começaram a brotar aos borbotões, inundando seu rosto. Suzana foi ao banheiro e voltou com uma toalha. Cada lágrima que escorria ela enxugava. Depois, beijava-o carinhosamente. Por fim, adormeceram abraçados. No dia seguinte, foram tomar café com os filhos. Mariza permaneceu em seu quarto até a hora do almoço, quando Alfredo foi chamá-la para irem a um restaurante. Mariza quis recusar, Alfredo foi convincente:

— Você faz parte da família, Mariza. Se você não for, ninguém irá. Suzana está se aprontando e me pediu para convidá-la.

Mariza acedeu, pois não queria criar atrito com a irmã. Se o casal estava se entendendo, não seria ela quem criaria arestas, para depois ter que apará-las. Foi um domingo de paz e sossego. Alfredo saiu para a empresa cerca de meia-noite, pois no dia seguinte, pela manhã, tinha tarefas para cumprir. Não conversou com Suzana como planejara, pois os filhos não deram trégua ao casal. Não tinha importância, teria uma semana para refletir sobre a atitude de Suzana.

Quando ela começara a excitá-lo, teve vontade de dizer-lhe que parasse, mas não conseguiu. Ela conhecia seu ponto fraco. Começou por roçar a sola de seu pé na perna dele e foi subindo até massagear seu pênis, suavemente. Ele estava há muito tempo sem fazer sexo, desde que procurara a prostituta com quem passara a noite. Suzana sabia como enlouquecê-lo. Ele cedeu às carícias com desusado ardor. Não resistiu à emoção. Mais uma vez, deixou à mostra o quanto era frágil. Não conseguiu conter o choro e agora se arrependia de ter cedido tão facilmente. Precisava ter mantido a postura de homem duro e indiferente.

Mariza tinha razão quando insinuara que ele era muito "bonzinho" como marido. Fortemente contrariado, admitia que era o protótipo do homem "bonzinho", sinônimo de fracote, frouxo e babaca, como as mulheres denominam homem do seu tipo. Confundem sensibilidade com fragilidade. Era isso mesmo o que ele era: um babaca frouxo que não conseguia manter uma atitude firme, se derretia ao primeiro gesto de carinho. Suzana o conhecia, e, maliciosamente, fizera uso de seus pés para derrubar sua indiferença.

Agora, Suzana deveria estar se sentindo perdoada pela infidelidade e livre para continuar fazendo o que bem entendesse na sua ausência. Penitenciava-se por não ter seguido os conselhos de Mariza. Sua cunhada era uma mulher adulta, sabia avaliar o modo de agir de outra mulher, especialmente sua irmã mais velha. Não cairia mais na esparrela armada por Suzana. No próximo fim de semana, conversaria duro com ela e poria fim ao descalabro em que sua vida se tornara. Deu ordens à telefonista do hotel para que não passasse ligação de ninguém que chamasse do Rio de Janeiro. A única exceção seria para uma pessoa de nome Mariza. Bebeu uma dose dupla de uísque e foi dormir com o coração oprimido e um forte sentimento de rancor contra si mesmo.

28.

Suzana havia refletido bastante sobre sua vida e reconhecera que precisava da ajuda e conivência da irmã. Provações pessoais tornam as pessoas mais humildes, e Suzana estava experimentando momentos de grande sofrimento. Era um verdadeiro martírio oferecer-se ao marido como fizera na noite anterior. Amesquinhar-se não era seu feitio, e tampouco arrojar-se aos pés de quem quer que seja à procura de perdão e compreensão por erros cometidos. Mostrar-se frágil a constrangia e afrontava sua intimidade. Pedir ajuda significava o mesmo que humilhar-se. Sentia dó de si mesma, e isso doía até o recôndito de sua alma. Nunca imaginara que um dia experimentaria esse sentimento medonho denominado "dó". Ser coitadinha machucava tão fortemente seu espírito que talvez doesse menos se fosse castigada fisicamente até a morte.

Vinha chorando debaixo do chuveiro para que ninguém visse. Costumava se levantar de madrugada para olhar o movimento pela janela. A solidão da rua, com poucos carros circulando, e a visão de um notívago, trôpego e pesado pelo excesso de álcool, a deixavam nostálgica. Sentia-se desamparada quando via um passante solitário, mas apressado. Ficava pensando se era mais uma pessoa infeliz ou apenas alguém voltando para casa, para os braços da pessoa amada. Deixava que as lágrimas molhassem seu rosto até sentir-se leve, mas o conforto proporcionado pelo choro incontido durava pouco. Quando conseguia se controlar, sentia que a pressão começava a encher-lhe o peito e precisava chorar mais.

Procurava encontrar forças para sacudir a tristeza e encarar a

vida como sempre fizera: com destemor e ousadia. Tentou refazer-
-se para conversar com Mariza, mas não tinha forças para iniciar
uma confissão que a destroçaria ainda mais. Como contar-lhe o
que estivera sofrendo durante dez anos de casada? Receava que ela
não entendesse como pudera ser tão frágil ou que a julgasse covarde, o que doeria muito mais. Sempre tinha se controlado, mesmo
quando descobrira a tara do marido e que se tornara presa de uma
situação constrangedora. Não tivera coragem de dizer a ele que
não se submeteria. Ao recordar-se de como tudo havia começado,
ficou pensando se não teria sido conivente. Se tivesse tomado uma
atitude firme, ele talvez não tivesse levado avante o que pretendia.
Mas esboçara apenas uma débil resistência. Será que, intimamen-
te, não fantasiara também porque estava gostando?

Não conseguia admitir que pudesse ser pusilânime a esse
ponto. Sua repulsa ao fetiche teria sido apenas uma máscara, para
disfarçar seu prazer e esconder que também gostava de exibir-se
ao marido e fazê-lo atingir orgasmos, vendo-a massacrar baratas
com os pés desnudos? Até que ponto vinha consentindo em ser
infeliz? Era uma pergunta que tinha medo de responder. Será que
era infeliz por ter colaborado para que a infelicidade se tornasse
parte de sua vida?

Tinha a convicção de que cada pessoa é o mentor de sua
vida, para bem e para o mal. Cada um, cuidadosamente, constrói
seu modo de viver, conscientemente ou não. O comando de seus
atos é a única coisa que pessoa alguma delega a alguém. Mesmo
quando o conselho recebido é aceito, quem o recebe o analisa inti-
mamente primeiro, e só acolhe se estiver de acordo com o seu próprio juízo. Então, para que pedir conselhos? Era esse o caminho
que escolhera para nortear sua vida. Quando fraquejou aos apelos
de Alfredo fez isso sem pedir opinião a ninguém. Seu orgulho não
lhe permitiria abrir sua vida pessoal a nenhuma amiga e tampouco
a qualquer conselheiro, gente que não é capaz de gerir sua própria
vida. Ouvir conselhos de religiosos nunca lhe passou pela mente,
por absoluta descrença. Nunca acreditou que um religioso, que
nunca teve experiências pessoais, pudesse aconselhar com profi-
ciência.

Lembrou-se de sua mãe, que corria ao padre confessor toda vez que tinha divergências com o marido, cheia de esperanças de que ouviria um conselho alentador, capaz de suavizar sua angústia. Coitada! Voltava mais confusa. Cumpria a penitência como se fosse um fardo inútil do qual precisava se desfazer, pois pesava mais do que o sofrimento pela desavença conjugal. Ouvira sua mãe desabafar mais de uma vez que o conselho do padre fora tão inútil para a solução do problema que seria melhor ter ido ao cinema para espairecer. Suzana ouvia, mas não fazia comentários, pois sabia da fé inabalável de sua mãe na igreja e em seus santos milagrosos. Quando contou para ela que estava grávida de Alfredo, viu sua mãe sair correndo para a igreja para pedir conselhos ao padre Gervásio. Ficou surpresa quando ela pediu que fosse conversar com o padre, a pedido dele, que queria ouvi-la em confissão. Esconjurou a ideia e pediu à mãe que nunca mais contasse ao padre seus problemas da família.

Conhecia a fama do padre desde que fizera a primeira comunhão. Sabia dos arroubos do religioso para cima das paroquianas que cuidavam da igreja e mantinham o altar imaculadamente limpo. Não quis se casar na igreja do bairro, o que provocou alvoroço na família e protestos de seu pai. Ele só se acalmou quando sua mulher lhe contou os mexericos que corriam na paróquia.

Nunca sentira medo de enfrentar problemas e situações inesperadas. Tivera um professor, mais do que um pai, que a forjara desse jeito. Era sensível, mas parecia dura e distante. Triste ironia, pois de dura não tinha nada; não tinha a dureza da pedra de seu próprio nome. Chorava com facilidade e se enternecia com pequenas coisas. Nascera diferente de seu pai, um homem rígido e carrancudo, nunca soubera de nenhuma fragilidade dele. Sua mãe tinha contado que quando as filhas nasceram ele não parecera emocionado. Trouxera flores e uma caixa de bombons, mas não beijou a esposa nem disse que estava feliz.

Suzana ouviu o relato de sua mãe e chorou junto com ela. Gostaria agora de compartilhar com ela o que estava vivendo, mas o destino a levara muito cedo. Mariza sofrera muito mais, porque estava perto e recebera o choque de sua morte repentina. Não sabe se foi uma boa irmã naquele momento. Foi objetiva. Será que Mariza precisava apenas de uma irmã decidida e prática? Se um dia reunisse coragem, iria lhe perguntar, mesmo sabendo que sofreria com a verdade que devia estar guardada desde então.

Nesse momento de incerteza e fragilidade, era com a irmã caçula que teria de se apegar para não sucumbir. Como era penoso ter que contar suas desditas para uma moça que não conhecia a vida de casada! O casamento é um jogo em que não há vitoriosos nem perdedores. Há quem seja feliz ou infeliz, e ser uma coisa ou outra não é sorte; é destino.

29.

Pedro Quintana estava levando uma vida de asceta. As oportunidades de conhecer mulheres ocorriam em seu trabalho, no escritório e no fórum, mas ele não levava nada avante. Na faculdade, tornara-se arredio. Os colegas respeitavam seu mutismo, pois sabiam de tudo que havia acontecido em sua relação com Suzana. As novidades sobre o romance tinham chegado à faculdade, primeiro, por intermédio dele mesmo, e depois de Maria Lúcia. Esta respeitara o segredo a ela confiado por Suzana, mas, ciente de que todos já sabiam de tudo, limitava-se a confirmar. Desse modo, não traía a confiança da amiga nem criava antipatias com a turma. Era também uma maneira de evitar que os fatos fossem distorcidos. Quando ouvia ou ficava sabendo que um boato infundado aparecia, procurava desmentir. Já era suficiente o que havia acontecido com Suzana e Pedro. Não havia necessidade de inventar mais nada, e ela cortava os disse me disse pela raiz. Quando souberam que a loja de Pedro havia pegado fogo, não faltaram histórias fantasiosas de que fora a mando do marido de Suzana. Maria Lúcia desmentiu tudo, mas ficou a desconfiança.

Pedro procurava ser atencioso com Suzana. Perguntava-lhe se estava indo ao médico para acompanhar o desenvolvimento da criança e se ele podia ajudar em alguma coisa. Mesmo não tendo de onde tirar dinheiro — o que tinha que mal dava para sobreviver —, não deixava de perguntar. Suzana respondia que continuava recebendo mesada do marido, mas não dizia mais nada sobre o que estava ocorrendo na casa dela. Os sonhos e arroubos do início do romance davam sinais de que não haviam sobrevivido à primeira rusga.

Ele evitava perguntar sobre o marido dela, cujo nome ela não se arriscava a pronunciar. Era como se tivessem um pacto de piedade recíproca, para não se magoarem. Mas Pedro mantinha-se atento a tudo o que acontecia com Suzana. Depois que ela encerrara o assunto da paternidade com a resposta enigmática sobre as relações com o marido, Pedro nunca mais teve dúvidas de que era verdadeiramente o pai. O esfriamento de sua relação não o afligia, pois entendia as preocupações que deviam ocupar a mente de Suzana. Devia estar sendo muito difícil para ela suportar a gestação sozinha, sendo sustentada pelo marido, que não tinha nenhuma responsabilidade quanto ao sucesso de sua gravidez. Imaginava que ela deveria estar sendo humilhada, sem poder retrucar, por uma situação que não criara sozinha.

Seria tudo diferente se ele pudesse assumir a relação e levá-la para viver sob seu teto, como pretendia antes do malfadado incêndio. Era responsável não apenas pelo filho, mas por Suzana também. Esforçava-se para vencer os percalços da profissão, mas sabia que o sucesso financeiro e profissional estava ainda muito longe. Ainda faltavam dois anos para terminar o curso, quando poderia tentar montar sua própria banca.

Quando Suzana chegava mais animada para vê-lo, sentia o amor renascer. Não estava tão indiferente como imaginava. Se fosse assim, já teria se apegado a outra namorada. Essas confissões íntimas o maltratavam, mas, por outro lado, davam-lhe forças renovadas para continuar lutando pelo filho, que não tinha culpa de ter sido gerado em um momento incerto e com a mulher errada. *Suzana não era a mulher errada*, corrigia para si mesmo. *As circunstâncias é que não haviam sido sopesadas devidamente, nem por Suzana nem por ele.* Não havia erros a serem analisados nem corrigidos após o fato consumado. Os dois deveriam assumir, sem pesar ou reprimendas, o resultado de seus impulsos.

Nesses momentos, convencia-se de que deveria conversar com Suzana sobre o assunto. Evitavam falar sobre o filho que ia nascer como se ele fosse uma miragem. O filho era real, e viria à luz dentro em breve. Esperou o momento mais adequado. Quando a viu bem disposta, em uma tarde calma em que fugira do escritório, amaram-se como nos primeiros encontros, relaxados e felizes. Pedro iniciou o difícil diálogo que preparara cuidadosamente:

— Suzana, quero conversar com você sobre nosso filho.

— Fico feliz em saber que nosso filho é importante em sua vida.

— Você também é importante, e nunca deixou de ser. Ficou mais ainda quando engravidou.

— Não quero chorar na sua frente, Pedro, mas saiba que já não esperava ouvir isso de você. Prometo que vou ouvir apenas, pois se falar não vou segurar o choro.

Pedro Quintana a abraçou carinhosamente, enquanto ela molhava seu ombro nu com lágrimas mornas. Ficaram assim até que ela se acalmou e pousou delicadamente seu rosto no peito do amante. Pedro respirou profundamente para se refazer; depois, foi debulhando todas as suas inquietudes, fraquezas e medos, guardados no peito desde o incêndio da loja.

Não se poupou. Disse que fora negligente, pois nunca se preocupara em fazer uma reserva financeira para enfrentar momentos desastrosos. Merecia estar vivendo naquela situação de penúria, que não se transformara em indigência porque seu contador insistira para que contratasse um seguro contra incêndio, dizendo que o contrato de locação era expresso quanto a essa exigência e poderia até ser rompido se o senhorio desconfiasse e pedisse cópia da apólice de seguro. Disse-lhe que a culpa pela gravidez era exclusivamente dele, pois se descuidara de usar o preservativo, sabendo que ela não usava pílula. Fora irresponsável. Por isso, tinha que pagar caro por sua desídia. Suzana estava agindo corretamente, deixando-o entregue à própria sorte. Ela não tinha nenhuma obrigação de desonerá-lo de culpa, pois sabia perfeitamente que não a merecia, nem ao filho que ia nascer. Estava sentindo-se um zero à esquerda, um negociante incompetente e um estudante de Direito temporão, que devia ter vergonha por estar fazendo estágio quando já completara idade para ter sua própria banca de advocacia. Na verdade, era um zé ninguém, não merecia a atenção dela e até entenderia se o desprezasse por ser um homem pequeno e sem brio.

Quanto mais falava, mais exaltado ficava, até que desabou de vez e começou a chorar convulsivamente. Suzana abraçou-o ternamente, e o afagou como a um bebê.

30.

Mariza não ficou surpresa pela súbita mudança de humor e disposição de Suzana. Parecia já ter se acostumado à sua instabilidade emocional. Ficou ouvindo-a listar suas incertezas, repetindo o que já dissera, mas não conseguia interrompê-la. Suzana falou sobre a gravidez, os problemas com Alfredo e a relação com o misterioso homem por quem se apaixonara. Mariza ousou um comentário:

— Mas, Suzana, o que realmente a incomoda tanto? Será que não tem coragem de falar tudo ou quer apenas que eu a ouça e fique calada como boi de presépio?

Suzana estacou:

— Tem razão, Mariza.

Finalmente, começou a contar o que existia por trás de seu procedimento errático. À medida que tomava conhecimento dos detalhes do relacionamento, Mariza ficava mais horrorizada. Não conseguia entender como a irmã se submetera durante tanto tempo às taras do marido sem denunciar nada a ninguém, sem se lamentar nem lhe confidenciar e pedir ajuda. Onde estava a altivez de Suzana? Sempre a admirara pela postura e pelo comportamento reto em casa, com os amigos e na faculdade, até onde sabia. Mas sua irmã era fraca, por isso tornara-se um lixo na mão de Alfredo. Ou seria anormal também como seu marido, e agora estava colocando para fora toda sua raiva porque precisava de uma desculpa para justificar a gravidez espúria? Não tinha direito de pensar assim, mas não conseguia encontrar explicação para a submissão de Suzana aos desvarios do marido.

Mariza não tinha coragem de perguntar se ela gostava de ser usada para satisfazer o fetiche de Alfredo. Seria uma forma de humilhá-la ainda mais. Limitou-se a ouvir. Não encontrava palavras para consolá-la e tampouco para levantar o ânimo da irmã, que parecia se arrefecer à medida que relatava os pormenores da relação íntima do casal durante dez anos de casamento.

Quanto mais Suzana falava, mais se exaltava. Mariza pediu que falasse baixo, pois os vizinhos poderiam escutar. Suzana desmoronou e começou a chorar. Mariza abraçou-a para confortá-la, pois era tudo que podia fazer naquele momento. Mas continuou muda.

As revelações saídas da boca de Suzana eram tão absurdas que teve certeza de que nunca conhecera seu cunhado. Aquele ar bonachão e a aparência tranquila de quem está de bem com a vida escondiam um monstro, uma aberração sexual. Não sabia mais como iria encará-lo quando o visse. Estava arrependida de ter ouvido suas queixas e ter se condoído da situação que ele enfrentava. Alfredo não passava de um crápula cínico, que se vestira de cordeiro para ganhar a confiança dela. Estava furiosa com ele, sentindo-se enganada e traída em sua boa-fé e em sua intenção sincera de ajudá-lo. Pensara que ajudando Alfredo estaria ajudando a irmã, e, em decorrência, promovendo a paz entre o casal, o que preservaria o bem-estar de seus sobrinhos.

Tais pensamentos atordoavam sua cabeça enquanto tentava consolar a irmã, que não parava de chorar. Via agora com olhos diferentes as queixas veladas de Alfredo sobre o comportamento de Suzana. A versão que ouvia, embora não justificasse a traição, explicava por que a irmã precisava de fugas para não se tornar uma paranoica.

Esperaria o momento adequado para conversar com Alfredo. Decerto, ele voltaria ao assunto, pois sentia que a usara com o intuito de torná-la simpática à sua causa. Felizmente, não se iludira completamente. Dera os conselhos que lhe pareciam adequados aos momentos tensos que a família estava vivendo.

As crianças já haviam percebido que os pais não estavam se entendendo bem. Quando saíram no domingo para almoçar,

Suzana não estava alegre, mas apática a tudo que os rodeava. Mal tocara na comida e não se preocupara com os filhos, se estavam ou não se alimentando. Em determinado momento, o filho mais velho perguntou se ela estava triste. Foi um momento embaraçoso. Disfarçou. Beijou-o, disse que estava com dor de cabeça. Alfredo não deu sinal de que isso o incomodava. Apenas perguntou se havia comprimidos em casa ou se queria que parassem em uma farmácia. A um sinal negativo de Suzana, voltou a conversar com os filhos como se nada tivesse acontecido. Mariza observou que havia uma cordialidade forçada entre o casal.

Resolveu perguntar o que acontecera na noite anterior:

— Será que posso saber o que aconteceu ontem à noite entre você e Alfredo?

— Pode, sim. Procurei Alfredo e me humilhei como uma cadela no cio.

— Não precisa contar os pormenores se não quiser.

— Preciso contar. Não posso deixar essa sensação de vítima tomar conta de mim. Não quero morrer sufocada.

Mariza não insistiu mais. Deixou que Suzana contasse tudo o que se passava em sua cabeça desde que engravidara de Pedro Quintana. Finalmente, criou coragem para contar quem era seu amante misterioso, o que ele fazia e como o conhecera. Mariza ligou o nome ao episódio da carona que ela pedira a um colega quando deixou seu carro na revisão. Avaliou que a relação entre os dois já durava mais de dois anos, que devia ser uma relação forte e que sua irmã devia estar realmente apaixonada, senão não teria engravidado.

Como as pessoas são misteriosas, e como disfarçam seus segredos! Suzana nunca deixara escapar nada sobre seu romance com Pedro, mas agora liberava uma enxurrada de informações entremeadas de dúvida e medrosas resoluções. Disse que gostaria de viver com o homem que a fizera descobrir como é bom ser amada e que a fazia fremir de emoção. Descobrira seu lado mulher quando saiu com Pedro pela primeira vez. Ele não fazia segredo de suas preferências, pois eram simples e naturais como devem ser as relações entre um homem e uma mulher, nada de desejos estranhos nem de fantasias para uma satisfação unilateral. A beleza do sexo não exigia senão sintonia entre os dois. Satisfaziam-se à exaustão, praticando o coito de forma prosaica, porém intensa e apaixonada. Se havia desejo de relação diferente, aceitavam normalmente, sem impor um ao outro nenhum constrangimento moral e físico. Praticavam o amor pelo amor e compraziam-se na completude do desejo saciado.

Suzana falava com paixão sobre sua vida amorosa com Pedro Quintana, não deixando espaço em branco para Mariza questionar, pois parecia ser uma mulher completa e plenamente satisfeita com seu homem. Quando começou a falar sobre os sonhos distantes, e agora inacessíveis diante dos óbices financeiros, Mariza começou a compreender o que sua irmã planejava, e que certamente já colocara em prática, para contornar a situação vexatória em que se encontrava. Ficou espantada com a frieza com que Suzana pretendia reconquistar a confiança de Alfredo e salvar o filho que trazia no ventre. Não conseguia atinar, no entanto, como ela conseguiria convencer o amante a compartilhar de seus planos em prol da vida do filho espúrio.

Depois duvidou de que Suzana já tivesse elaborado seu plano de ação, pois contara apenas que manteria o casamento com Alfredo e daria à luz o filho, mas omitira como faria isso tudo sem magoar Pedro Quintana, algo que Mariza qualificou como impossível. Evitou ir adiante em sua curiosidade, para preservar o início do que lhe parecia ser uma aproximação de mútua confiança com a irmã. Conteve-se a custo, e para estreitar os laços com Suzana ousou afirmar:

— O que ouvi ficará guardado em segredo por toda a minha vida. Na verdade, o que você tem sofrido com Alfredo nem seria crível para quem não a conhecesse como eu. Você é uma mulher admirável, Suzana, uma guerreira!

Suzana sorriu contrafeita com os arroubos da irmã. Beijou-a do modo como fazia quando ela era uma menina e ofereceu-lhe um sorriso de compreensão. Gostaria de ser realmente tão forte e corajosa como Mariza imaginava que ela fosse.

31.

Alfredo continuava no firme propósito de manter-se distante e inacessível para Suzana. Trocou a folga do fim de semana com um colega e passou quinze dias sem voltar para casa. Não telefonou nem atendeu nenhuma ligação de Suzana. Estranhou que Mariza não tivesse ligado, mas não deu muita importância ao fato, pois imaginou que ela não tinha nada para dizer.

Começou a sair à noite e a conhecer pessoas. O fato de ser engenheiro da companhia petrolífera abria portas de clubes e de moradores da cidade, que o convidavam para churrascos em suas casas. Começou a descobrir que uma cidade pequena tem refúgios e atrativos iguais aos de uma cidade grande. Os engenheiros ficavam alojados no mesmo hotel e raramente saíam durante a semana. Quando chegava a sexta-feira, corriam para rever a família no Rio de Janeiro. Alguns moravam mais longe, mas esses logo davam um jeito de trazer a família para mais perto e se refugiavam em casas afastadas, formando uma sociedade à parte, convivendo apenas com os colegas da empresa. Alfredo, querendo passar o maior tempo possível longe de casa, começou a criar vínculos de amizade na pequena localidade, onde encontrava prazer e alegria.

Retornou ao Rio de Janeiro somente para rever os filhos, dois meses depois. Entrou em casa como sempre fazia, mas sem se desculpar pela ausência prolongada. Beijou Mariza no rosto e Suzana nos lábios. Não perguntou pelos filhos, que estavam na escola, nem perguntou se estava tudo bem, pois se prevenira quanto à manutenção da casa. Enviara para a conta de Suzana dinheiro suficiente para efetuar todos os pagamentos programados e despesas rotineiras, com generosa sobra. Por esse lado, não haveria reclamações. Quanto às notícias de casa, se ocorresse alguma coisa grave Mariza teria telefonado. Achou que a cunhada estava um pouco indiferente quando a beijou, o que o incomodou, mas não disse nada. Não ia aborrecer-se. Tinha vindo para passar um fim de semana na companhia dos filhos, de quem sentira realmente saudades.

Suzana havia engordado bastante. Avaliou que a gravidez já devia estar no quarto ou quinto mês, mas não fez nenhum comentário e tampouco se mostrou espantado ou curioso. Procurou manter-se absolutamente indiferente, como se nada houvesse acontecido em sua ausência. Quanto a Mariza, se houvesse oportunidade, diria que estivera ausente pelas razões que ela conhecia, mas que não se descuidara de suas obrigações. Queria saber se os filhos haviam perguntado por ele. Daria instruções para que lhes dissesse que estava viajando a serviço da empresa, mas que os amava intensamente. Perguntaria também se Suzana estava passando bem e pediria que, logo que sentisse que ela daria à luz, o avisasse a tempo. Queria estar em casa quando o bebê nascesse.

Quando os filhos chegaram da escola, foi uma festa. Fizeram uma porção de perguntas: sobre a companhia, se ele iria passar o sábado e o domingo com eles e se iriam à praia, ao parque de diversões e ao cinema. Alfredo lhes prometeu tudo. Ficou perto deles enquanto jantavam e depois levou os dois ao quarto, onde esperou até que dormissem. Foi então para seu quarto, onde já encontrou Suzana deitada, esperando-o. Temia pelo diálogo que provavelmente teria com a mulher, mas estava preparado para não brigar. Prometera a si mesmo que não alteraria a voz em nenhuma circunstância, mesmo que ela o ofendesse.

Para sua surpresa e alívio, viu que Suzana ressonava quando voltou do banheiro. Dormiu um sono reparador até o dia seguinte, quando foi acordado pelos dois filhos: era sábado, não tinham deveres de casa para fazer e queriam ir à praia. Suzana acordou também, e tiveram alguns momentos de risos e brincadeiras, como uma família feliz. Suzana os acompanhou no café da manhã, mas não quis ir à praia, para decepção e sob protestos dos filhos. Mariza resolveu acompanhá-los, Alfredo pressentiu a oportunidade de conversar com a cunhada longe de Suzana.

Foi um fim de semana sem grandes novidades. Foram direto da praia para uma pizzaria e retornaram ao apartamento ao anoitecer. À noite, Suzana perguntou ao marido se ele estava bem de saúde e se queria alguma comida especial para o almoço de domingo, pois não iria almoçar em restaurante. Perguntou também se ele queria mais calças e camisas quando voltasse ao trabalho e se havia roupa suja para lavar. A tudo o que ela perguntava Alfredo respondia que estava tudo bem, que havia comprado algumas peças de roupa e que o hotel providenciava tudo para ele. Durante a semana, usava apenas uniforme.

Dormiram juntos, mas cada um no seu canto, sem trocarem palavra. O domingo transcorreu tranquilo. Só houve alteração quando se despediu das crianças. Elas se agarraram às suas pernas e pediram-lhe que não fosse. Alfredo saiu chorando de casa. Quando chegou ao hotel, foi direto ao frigobar e serviu-se de uma dose dupla de uísque.

Estava vivendo momentos de dor e desesperança. Já não acreditava mais na sinceridade do ser humano. A conversa que tivera com Mariza na praia contribuíra ainda mais para sua decepção com as pessoas. Será que nenhuma mulher prestava, ou seriam apenas solidárias para melhor enfrentarem os homens? Não sabia responder. O que lhe parecia muito evidente é que estava irremediavelmente sozinho no momento crucial em que sua vida se tornara um tormento.

Lutara com tenacidade para conseguir firmar-se na vida. Não sabia se tivera sorte ou se fora por inteligência que alcançara o sucesso. Vivia procurando respostas às indagações que povoavam sua mente. Recusava-se a acreditar que somente ele tivesse fetiches. Já lera muito sobre o assunto. Havia relatos na literatura médica sobre os mais exóticos, e ninguém se escandalizava nem pregava punição para os praticantes. Sempre fizera parte da natureza do homem fantasiar sua vida sexual e buscar prazeres bizarros para satisfazer sua libido. Ninguém tinha nada com isso, desde que tudo fosse praticado com liberdade e sem coação.

Suzana estava usando seu fetiche como escudo para suas escapadas. Seria mais honesto se dissesse que não o queria mais e que não lhe agradava fazer papel de coadjuvante de seus desejos. Teria buscado na rua o que não encontrava em casa ou se acomodaria para não perder sua mulher, mas nada disso acontecera. Era culpado, mas não o único. Ficara fácil para Suzana encobrir seus erros. Bastou dizer que ele era anormal, que a submetia às suas taras e que a humilhava como fêmea. Não havia meios de desmentir, pois tudo ocorrera entre quatro paredes, e segredos de alcova não pertencem aos homens.

Homem que narra aventuras é sempre tolo e mentiroso, pois a verdade emerge dos lábios da mulher. Estava, de fato, em uma situação difícil. Qualquer argumento de sua parte soaria falso e frágil diante da versão contada por Suzana, que não precisava inventar nada nem entrar em detalhes sobre o que lhe acontecera. Bastava ela dizer que se sujeitara por amor aos filhos que ele estaria acabado como bom chefe de família, pai amoroso e cidadão exemplar. Sempre soube que construir um nome respeitável e uma imagem de cidadão probo era tarefa que levaria metade de uma vida, mas podia perder tudo que conquistara se suspeitassem de uma atitude indecorosa.

A decisão que tomara, e que estava colocando em execução, era a mais acertada para o momento. Iria ver a família de dois em dois meses até que Suzana tivesse o filho e resolvesse o que queria da vida. Estava conformado com a separação, que, imaginava, seria o desfecho de tudo. Quando Mariza se mostrara solidária, tivera um lampejo de esperança. Tendo a cunhada como aliada, poderia convencer Suzana a abortar em troca de seu perdão. Seria duro de engolir o fato de ter sido enganado, mas preservaria o casamento e seus filhos. Era um preço alto, mas achava que valia a pena.

Com a súbita atitude de Mariza, ao bandear-se para o lado da irmã, ficara sem suporte. A cunhada fora sincera, reconhecia, e a admirava mais ainda. Enquanto os filhos brincavam distraídos, contou-lhe que Suzana havia relatado tudo o que acontecera entre o casal e que ficara abismada com os detalhes das intimidades. Sentiu que Mariza ficara enojada, e que o desprezava mais do que sua própria mulher. O domingo com a família havia sido longo e doloroso. Conseguira suportar as duas irmãs porque seus filhos eram mais importantes do que seu constrangimento. Bebeu mais uma dose de uísque e se virou na cama para dormir.

32.

Suzana começou a sentir contrações quando estava no apartamento de Pedro. Conversavam distraidamente sobre sua contratação pelo escritório de advocacia, agora como funcionário, e as perspectivas de tornar-se um dia sócio da banca. Pedro sabia que estava longe de realizar tal sonho; ainda cursava o último ano da faculdade, mas mantinha esperanças de um dia se tornar um profissional bem-sucedido. Sabia que pesava contra seus planos o fato de não ser mais tão jovem, embora não fosse velho nem decrépito. A seu favor havia sua maturidade e vivência no comércio.

Estava passando por muitos apertos financeiros. Se não fosse a ajuda de Suzana, não poderia estar morando ali. Quando sentiu que o dinheiro do seguro estava terminando, tinha procurado um quarto para alugar. Suzana não permitira, assumira o pagamento do aluguel. Disse que recebia mesada do marido e podia fazer o que quisesse com o dinheiro. Aos argumentos do amante de que não aceitaria explorar o marido dela, respondeu que muito mais valioso do que o dinheiro do marido era o que ela havia suportado. Pedro quis saber toda a verdade, aquilo a que ela sempre se referia, mas nunca revelava. Ela desconversou. Pediu ao amante que respeitasse seu silêncio sobre o que tanto a amargurava em seu casamento, a ponto de justificar seu procedimento.

Suzana ficava irritada quando Pedro insinuava que tivera outros amantes antes dele. Retrucava com raiva:

— Não admito que coloque em dúvida minha conduta. Se tive ou não outros romances, ou outros homens, como você diz na minha cara, foi antes de conhecê-lo. Trata-se de assunto meu, somente meu! A vida de uma mulher não se mede pelo que ela fez, mas pelo que ela faz com o homem que escolheu para amar, como fiz e continuo fazendo com você. Não jogue meu amor no lixo.

Nesses momentos, Pedro se recolhia a um mutismo repleto de interrogações, mas não ousava retrucar. Ela sabia se impor, e isso o fazia sentir-se estranhamente seguro de sua fidelidade e da sinceridade de seu amor.

A conversa descontraída sobre sua contratação parou quando Suzana curvou-se sobre o ventre, fechou os olhos e começou a transpirar:

— Acho que chegou a hora. Me leva para a maternidade.

Pedro ficou andando pelo corredor vazio do hospital até de madrugada. Não sabia para quem pedir ajuda e não sabia rezar. Quando a enfermeira veio informar que ele era pai de um menino e que podia ver a mãe no quarto, sentiu uma vertigem.

Só acordou na manhã seguinte. Estava deitado em uma maca com uma agulha enfiada no braço, presa a um tubo ligado a um frasco de soro que gotejava lentamente, no alto de um suporte de ferro. Uma enfermeira aproximou-se e perguntou se estava se sentindo melhor. Informou que o médico o veria dentro de alguns minutos, após a visita matinal aos quartos dos pacientes.

Pedro Quintana não viu o filho. Quando foi liberado do soro, soube que a família da parturiente Suzana Pedregoso Morenbaum estava no quarto e não autorizara sua entrada. Poderia ter sido audacioso e afrontado o marido de Suzana, para vê-la, conhecer seu filho. Foi aconselhado a não fazê-lo, primeiramente pelo médico e depois pelo chefe da segurança do hospital. Ficou ciente de que qualquer forma de escândalo dentro da maternidade seria vista como desrespeito à instituição hospitalar.

Achou melhor engolir o orgulho e a vergonha. Foi rotulado como falso pai do filho de "dona Suzana Morenbaum", cujo marido se encontrava presente no quarto, junto com a mulher e o recém-nascido. Diante da situação vexatória, retirou-se sem nenhuma reação de desagrado. Voltou ao apartamento cheio de raiva da vida e do mundo. Odiava Alfredo e todos os que rodeavam Suzana e seu filho. Recostado no travesseiro, ficou imaginando como seria o rosto de seu filho. Teria traços dele? Puxara fisicamente à mãe?

Uma forte angústia comprimia seu peito, parecia que iria explodir de dor e frustração. Ficava se perguntando até onde merecia estar passando por esses momentos de sofrimento intenso, que não o deixava respirar direito. A gravidez de Suzana fora um equívoco; o filho, o resultado de um romance que nunca deveria ter acontecido. Mas diante da vida que brotara do corpo de Suzana, não conseguia sentir arrependimento de tudo o que haviam feito. Que culpa tinha seu filho dos erros dos dois? Era um inocente que despontava para a vida, mas já carregando sobre os ombros o equívoco da irresponsabilidade de dois seres apaixonados.

Precisava ver seu filho. Tinha o direito de estreitá-lo nos braços, sentir seu pequeno coração pulsar perto de seu peito. Ninguém iria impedi-lo de beijar seu filho e sentir o calor de sua mãozinha ao apertar-lhe o dedo da mão. Suzana precisava dele. Precisava saber que ele não tinha fugido covardemente do hospital, mas que fora impedido de vê-la e não reagira para evitar um escândalo que a colocaria em uma situação constrangedora diante de seu marido, dos médicos e das enfermeiras.

Todos saberiam que o filho dela era adulterino, pois seu marido não era o pai. Ela não teria como explicar senão dizendo que o homem que a trouxera ao hospital era o pai da criança e que enganara o marido. Preservaria a imagem de Suzana, mas precisava dizer-lhe isso antes que ficasse pensando que ele não se importara com o filho e com ela.

Conhecia Suzana o suficiente para saber como era impulsiva e imprevisível. Teimava em manter a calma, mas não conseguia. Voltaria ao hospital de madrugada para ver o rosto do filho através do vidro do berçário. E quanto a Suzana? Ir ao hospital e não dar-lhe um beijo soava-lhe como ato imperdoável. *Ir ou não ir?* Estava diante desse impasse quando o telefone tocou. Atendeu de imediato. Ficou ouvindo atentamente sem mover um músculo da face. Procurou entender o que Mariza lhe dizia:

— Seu filho está bem. É lindo e muito risonho. Suzana está muito feliz. Ela ficou sabendo que você desmaiou quando soube que era pai. Mandou dizer que o ama mais ainda por causa disso.

Alfredo tinha acorrido à casa e à maternidade quando Mariza o avisara de que Suzana desaparecera. Viera no helicóptero que a companhia cedera, em razão da emergência. Mariza concluiu:

— Ele deve ficar durante toda a semana em casa. Quando Suzana puder, ela telefonará. Pediu-lhe que ficasse calmo, pois não é hora de precipitações.

Disse-lhe ainda que o filho se chamava Pedro Vítor, por escolha dela, pois o marido nunca soubera que o pai se chamava Pedro. Quando pudesse, ela explicaria a razão da escolha do nome. Esperava que Alfredo não se opusesse.

Pedro Quintana pediu a ela que dissesse a Suzana que concordava com o nome e estava muito feliz por ter sido escolhido. Fez muitas perguntas, e só desligou porque a moça disse que precisava cuidar da casa e dos dois sobrinhos. Pedro ainda quis saber quando Suzana voltaria para casa. Mariza foi sucinta:

— Dentro de vinte e quatro horas, se estiver tudo bem — em seguida desligou, antes que Pedro perguntasse mais alguma coisa.

Estava inteiramente calmo, embora ansioso para ver o rosto de Pedro Vítor. Mas não conseguiu dormir e foi ficando agitado. Conferiu o relógio e telefonou para o escritório. Felizmente, tivera o cuidado de pedir um atestado médico comprovando que estivera no hospital, sendo tratado com soro até as 11h00 com sintomas de estresse. Achava que seria suficiente para justificar sua ausência, mas era melhor avisar que já estava em casa e no dia seguinte estaria no escritório.

O emprego tornou-se muito importante naquele momento. Não ganhava o suficiente para sobreviver, mas era uma porta aberta para a carreira jurídica.

33.

Não houve festa para Suzana e o bebê quando voltaram do hospital. Seus dois filhos não demonstraram curiosidade pelo novo irmãozinho. Sequer se interessaram em vê-lo ou perguntaram se era menino ou menina. A indiferença das crianças incomodou a mãe e aguçou a curiosidade da tia. O que estaria acontecendo? Por que os meninos tinham se mostrado tão distantes?

Durante a gravidez, perguntavam sobre o bebê, quando ele chegaria e se poderiam brincar com ele. Agora tinham ficado arredios, sem nenhuma explicação. Mariza não disse nada a Suzana sobre suas desconfianças, mas resolveu conversar. Era uma tia que participava da vida dos dois, contava-lhes tudo o que acontecia em casa e não deixava nenhuma pergunta sem resposta. Ficou estarrecida quando soube que Alfredo havia contado a eles, no dia anterior, enquanto ela cuidava de Suzana na maternidade, que o irmãozinho que ia chegar não era filho dele e por isso não deveria ser considerado como seu irmão, já que a mãe havia arranjado a gravidez com um homem da rua.

Não encontrava explicação para a maldade de Alfredo. Contar aos filhos que a mãe se entregara a um homem desconhecido e que por isso o bebê não era parente deles beirava os limites da loucura. Os dois meninos entenderam o fato na medida de suas parcas possibilidades de análise: deveriam ignorar o novo irmão, e por isso desprezaram o recém-chegado e o viram como um intruso, ocupando um lugar que pertencia somente a eles, únicos filhos legítimos do casal.

Mariza ainda tentou desfazer o estrago, mas não conseguiu convencê-los. Os dois irmãos cerraram fileiras em favor do pai. A mãe não passava de uma mentirosa e não era confiável, já que, às escondidas, arranjara um filho que não era parente deles. O pai fora enganado, mas era um homem generoso, tanto que tinha ido ao hospital e estava tratando Suzana com carinho e atenção, mesmo ela não merecendo. Mariza odiou profundamente Alfredo pelo que fizera a Suzana e mais ainda pela desumanidade que engendrara, colocando os filhos contra ela. A versão que chegara primeiro à mente virgem dos meninos criara raízes profundas, era quase impossível de ser substituída.

Alfredo plantara na cabeça de seus filhos a semente da desconfiança e do desamor materno: "se Suzana fora capaz de agir de maneira tão sórdida, não merecia o amor deles". Mariza ainda tentou fazê-los compreender que o irmãozinho não tinha culpa de nada, era apenas um bebê inocente, que não pedira para nascer. Mas teve que desistir. Eles ficaram irredutíveis. O mais velho falou pelos dois:

— Nosso pai não ia inventar tudo isso. Ele nunca mentiu para nós. Não ia mentir agora. Nós vimos ele chorar de tristeza quando nos contou o que Suzana fez.

— Vocês nunca chamaram sua mãe de Suzana. Por que isso agora?

— Papai disse que ela agora não é mais nossa mãe.

— Não falem assim. Ele continua sendo mãe de vocês. Nada mudou, ela continua amando vocês da mesma forma.

— Não é assim, tia Mariza. Esse bebê é um bastardinho.

— Onde vocês ouviram isso? Quero saber agora!

— Pergunte ao papai. Ele vai contar tudo pra você.

Mariza não teve argumentos para continuar dialogando. Não ia brigar com eles por causa das intrigas do pai. Mas Suzana não merecia que Alfredo jogasse os filhos contra ela, criando inimizade entre eles. Não imaginaria jamais que seu cunhado, tão generoso e afável, pudesse ser tão cruel ao ponto de envenenar a mente de seus próprios filhos. Criar desarmonia entre mãe e filhos era a suprema maldade que um ser humano poderia imaginar e colocar em prática.

Nunca mais haveria paz naquela família. Alfredo arqui-tetara uma vingança ignóbil. Era um homem repugnante. Pobre Suzana! Lavou o rosto demoradamente, tentando acalmar-se. Pre-cisava ajudá-la e defender seu novo sobrinho. Temia pela vida de sua irmã e do bebê. Se Alfredo fora capaz de envenenar os pró-prios filhos contra a mãe, seria capaz de fazer muito mais. Esta-vam todos em perigo diante daquela atitude vingativa, mas ela não conseguia encontrar um caminho seguro para contar a Suzana e planejar uma estratégia de defesa diante da mente maquiavélica de seu cunhado. Estava em pânico e não conseguia pensar direito.

33.

Pedro Quintana esperou com desusada impaciência o telefonema confortador de Suzana. Passou-se uma semana, mas o telefone não tocou. Durante o dia Suzana poderia ter telefonado para o escritório, mas isso não aconteceu. Antes de voltar para casa, ficava até o último minuto à espera de uma ligação.

Sua impaciência chegou ao limite do suportável. Resolveu ligar para o número particular de Suzana. Ao segundo toque, uma voz de criança atendeu. Desligou depressa. O que estava acontecendo? Até seus filhos podiam atender seu número particular! Quando voltou da faculdade, tentou de novo. Dessa vez, ouviu uma voz masculina. Alfredo continuava no apartamento. Devia estar de licença por causa da criança.

Pedro ficava especulando, tentando explicar o silêncio de Suzana e também de Mariza, que já sabia o número de seu telefone. Sabia que não podia ir ao apartamento. Seria arriscado, além de imprudente. A falta de notícias de seu filho estava mexendo com seus nervos, dilacerava-o por dentro, corroía sua alma e turvava seu raciocínio.

As noites maldormidas já se refletiam em sua aparência. O chefe do escritório chamou-o para saber o que estava acontecendo. Tentou esquivar-se e até pensou em inventar qualquer desculpa:

— Não está acontecendo nada.

O advogado não se convenceu:

— Se não está acontecendo nada, qual a razão de você ter esquecido de devolver o processo e protocolar a petição de apelação que lhe entreguei há dois dias? Perdemos o prazo e a causa.

O respeito que sentia pelo advogado o inibiu de continuar negando. Pedro desabou. Pela primeira vez na vida, abriu sua vida pessoal a um desconhecido. Estava envergonhado pelo prejuízo profissional a que expusera seu chefe, além da provável repercussão financeira, com prejuízos para o cliente e para o escritório. Uma lástima o que fizera, um erro que não comportava um pedido de desculpas, pois o indesculpável se basta e se consome no próprio ato.

Ficou esperando uma bronca, que não veio. A única atitude que imaginou digna seria pedir demissão e nunca mais olhar de frente o advogado que um dia lhe dera uma oportunidade de subir na vida, mas que, tolamente, deixara escapulir por entre os dedos. A demissão foi aceita sem comentários.

Pedro ficou sem emprego. Não tinha dinheiro para sobreviver e sequer conseguira ver o rosto de seu filho. Onde estava Suzana? Precisava urgentemente conversar com ela, contar-lhe o que acontecera, compartilhar suas desditas com a única pessoa que o amava. Voltou para casa, enfurnou-se na cama e cobriu a cabeça com o edredom, que nunca usara nem no tépido inverno do Rio de Janeiro.

Quando acordou, ainda no meio da noite, estava ensopado de suor. Correu para o chuveiro e deixou a água fria escorrer pelo corpo por um longo tempo. Precisava se acalmar, para poder pensar e encontrar um caminho para trilhar dali por diante. Não podia ficar daquele jeito, alimentando um pânico que só existia em sua cabeça. Era um homem jovem, saudável, e a vida era feita de desafios. Não podia fraquejar, pois tinha um filho que dependia dele. Não era mais um homem sozinho. Havia um compromisso chamado Pedro Vítor, que o esperava para ser cuidado, educado e preparado para a vida.

O momento de euforia logo se esgotou. A realidade, mais forte, o abateu com um sopro suave: *Idiota! Você não tem nem para você! Acorda de seus devaneios e vai procurar emprego, nem que seja para vender pastéis na praia!*

Pedro começou a vomitar quando ainda estava debaixo do

chuveiro. Saiu do box e debruçou-se sobre o vaso para esgotar o que tinha no estômago. Só parou de puxar vômitos quando uma gosma esverdeada, cheirando a azedo, inundou sua boca e o fez levantar a cabeça, para não sufocar dentro do vaso. Sentou-se no piso frio e chorou desoladamente. Estava tão cansado que não teve ânimo de atender ao telefone, que tocava com insistência. Retornou ao quarto e estirou-se na cama, à procura de coragem para enfrentar a vida.

Não conseguiu dormir. Ficou imaginando os ponteiros do relógio e contando as horas, para não pensar em nada, além do tempo que o relógio marcava. Abria e fechava os olhos para cansar as pálpebras e conseguir dormir. Tudo em vão.

Levantou-se, o que exigiu dele um esforço enorme. Vestiu um calção de banho e foi andando até a praia. O vento frio afugentara os banhistas e os atletas vespertinos. Os bares haviam descido seus toldos para proteger os poucos clientes que bebericavam antes de irem para suas casas. Ficou imaginando se aquelas pessoas, das quais via apenas vultos, estavam felizes, ou infelizes como ele. Cada um carrega seus problemas, ele lembrou, e se você está infeliz vai continuar infeliz e sozinho, pois ninguém quer partilhar tristezas nem fracassos. Somente o sucesso se comemora rodeado de pessoas.

A verdade bateu forte e o vento frio o fez retornar correndo ao apartamento. Do corredor, ouviu o telefone chamando com insistência. Apressou o passo. Quando ouviu a voz de Suzana, pediu um momento para respirar profundamente e conter a emoção. Ela havia tentando falar com ele, mas desistira. Telefonara para o escritório e ficara sabendo que ele não trabalhava mais lá. Estava surpresa e preocupada. Queria saber de tudo, mas não podia ficar ao telefone por muito tempo. Talvez tivesse que desligar a qualquer momento. Alfredo ainda estava de licença e a qualquer momento retornaria da rua. Havia saído com os filhos para comprar sorvete, mas não a deixava sozinha nem um momento. Não pudera pedir a Mariza para telefonar novamente, pois não tivera chance de ficar sozinha com ela. Pedro ouvia com impaciência, pois queria também contar o que acontecera, precisava repartir sua angústia e pedir conselhos. Queria saber como estava seu filho e se ela ainda o amava. Suzana não dava trégua, não o deixava falar e não respondeu a nenhuma das perguntas que ele tentava completar. De repente, ouviu um suave clique e logo depois o sinal irritante de telefone ocupado.

Precisava dormir. Na verdade, preferia morrer, se fosse possível fazê-lo sem sentir dor, e depois ressuscitar quando todos os seus problemas estivessem solucionados.

34.

A semana que se seguiu ao retorno da maternidade havia começado mal e caminhava para pior. Alfredo não deixava Suzana sozinha nem para ir ao banheiro.

Mariza mantinha-se distante do cunhado, pois não conseguiria disfarçar o quanto estava revoltada com sua atitude perante os filhos. Seus sobrinhos continuavam arredios. Quando falavam com ela era apenas para pedir coisas essenciais. Mantinham-se afastados dela desde o dia em que tinham conversado e ela perdera a paciência com a impertinência deles. Isso a machucava profundamente. Estavam acostumados a brincarem juntos e por qualquer motivo caçoarem uns dos outros, mas a camaradagem evaporara-se como por encanto.

Suzana compreendera que seus filhos haviam sido cooptados pelo pai, pois só assim conseguia explicar a indiferença deles pelo recém-nascido. Mas, por enquanto, não podia fazer nada. Estava completamente devotada ao sossego do pequeno Pedro Vítor e não se afastava dele em nenhum momento. Seu coração de mãe, apreensivo, velava o sono do bebê. Temia pela própria segurança e do filho, e não afastava a hipótese de uma vingança de Alfredo. Seu marido havia se transformado de tal maneira que já não o reconhecia.

O Alfredo afável e compreensivo cedera lugar a um homem carrancudo, que parecia odiar o mundo. Tensão, desgosto e uma raiva incontida estampavam-se em seu rosto. Suzana estava amedrontada com a descoberta do outro homem que se escondia dentro de seu marido. Alfredo não esboçara nenhum gesto de carinho por ela nem tampouco pelo pequeno que sugava seus seios túmidos. Ela conseguia entender o ressentimento em relação ao filho que não era dele, mas um bebê inocente e frágil não representa perigo para ninguém. Por que, então, aquela atitude rancorosa e intimidadora? Rezava com todas as forças para que chegasse o dia em que retornaria ao trabalho e a deixaria em paz.

A ansiedade que estava experimentando era tão grande que sentia seu leite diminuir, dia após dia. Acionou o banco de leite da maternidade, mas soube que não havia estoque disponível. O médico que a assistira sugeriu que se dirigisse ao banco da Santa Casa. Se não conseguisse, teriam que substituir a alimentação de Pedro Vítor. Suzana massageava o seio, na esperança de que o leite não secasse totalmente antes que seu filho ficasse mais forte e pudesse ser alimentado de outra maneira.

Finalmente, sua agonia pareceu que teria fim. Alfredo arrumou sua mala e retornou ao trabalho sem se despedir. Beijou os filhos e disse-lhes que confiassem nele, pois voltaria a qualquer momento. Poderiam telefonar também, sempre que quisessem. Deixou o número do hotel e o da empresa por escrito com o filho mais velho, com a recomendação de que não se aproximassem do menino, a quem se referia sempre como "bastardinho".

Mariza ouviu as recomendações de Alfredo, mas não interferiu. Manteve respeitosa distância dos sobrinhos enquanto conversavam com o pai e se despediam. Quando Alfredo saiu, viu os dois se refugiarem no quarto, de onde só saíram na hora de pegar o ônibus escolar. Pediram para almoçar no quarto, pois estavam fazendo os deveres de casa. Ela consentiu, para não azedar mais ainda a relação fria que havia se estabelecido entre eles. Nutria esperanças de que o distanciamento não duraria muito tempo longe da influência do pai.

Suzana, logo que se viu sozinha, telefonou para Pedro Quintana, mas não estava com paciência para ouvir as lamúrias do amante. Tinha questões urgentes dentro de sua casa: o pequeno Pedro estava rejeitando o seio por falta de leite, os dois filhos rebelados, Mariza amuada e silente sobre sua relação com os sobrinhos e a pressão insuportável a que estava sendo submetida pelo marido. Havia problemas sobrando em sua vida e não suportaria assumir os de Pedro, que deveria ser autossuficiente para solucioná-los sem sua ajuda. Deu notícias do bebê e se apressou a encerrar a conversa. Ainda ouviu um "por favor" de Pedro antes de desligar.

Pela primeira vez desde que voltara da maternidade deu uma caminhada pelo apartamento. Era como se estivesse reconhecendo sua casa depois de longa ausência. Não tinha tempo para ficar pensando na vida, precisava manter-se alerta para não perder o controle da casa. Alfredo fizera um bom trabalho manipulando os filhos, pois a expectativa de um irmãozinho era muito grande, e agora toda a curiosidade desaparecera. Ela havia lhes contado a novidade, sentira que estavam felizes com a chegada do bebê, mas esse sentimento diluíra-se completamente. Procurava, em seu íntimo, uma forma de abordá-los, mas sentia-se impotente diante da situação. Desmentir o pai seria correr um enorme risco de perder a confiança e o respeito deles. Eram filhos obedientes e amorosos, porém muito agarrados a Alfredo, que os mimava muito mais do que ela. A educação e a disciplina do dia a dia, às vezes, geravam conflitos dos quais o pai nunca participava — era sua grande desvantagem em relação a ele. Seus filhos já estavam na idade de contestar a autoridade da mãe. Com a frouxidão do pai, e agora a conivência entre eles, sabia que teria de redobrar os cuidados para não extrapolar os limites da repreensão e cair na beligerância.

Estava deprimida. Sentia-se impotente e desmotivada para enfrentar a rebeldia dos pré-adolescentes. A quem recorrer? Estava recostada no sofá da sala, perdida nesses pensamentos conflitantes, quando o telefone tocou. Atendeu mecanicamente, mas logo ficou alerta. Era da companhia. Seu marido fora encontrado no apartamento do hotel, desmaiado. Levaram-no para o hospital e ele estava sendo atendido, mas não havia outras informações no momento. Mais tarde, logo que voltasse do hospital, o chefe do departamento de recursos humanos ligaria para dar detalhes.

Suzana ficou com o telefone suspenso no ar, sem saber o que fazer. O choque causado pela notícia veio com tamanha força que a paralisou. Mariza a encontrou na mesma posição quando veio chamá-la para aleitar o filho, que estava chorando.

35.

Alfredo estava passando pelo mais longo período de insatisfação pessoal de sua vida. O conturbado momento familiar e os conflitos íntimos o sufocavam de tal forma que, às vezes, pensava que estava fora da realidade. Recordava-se de já ter passado por situações críticas em sua juventude. Tivera muitas dúvidas sobre os caminhos a seguir nas encruzilhadas da vida, mas nada que se comparasse ao momento atual. Considerava-se personagem de uma tragédia que ainda não tivera seu epílogo. Temia pelo sentimento de impotência que o possuía quando pensava no imbróglio em que estava envolvido. Tinha um bastardo dentro de casa, que legalmente era seu filho, uma situação surrealista para a qual não concorrera diretamente. Suportara a duras penas a gravidez de Suzana. Quando a via com o ventre inchado, era como se o opróbrio estivesse sendo jogado na sua cara.

Nas noites insones e solitárias em que rolava na cama do hotel, ficava imaginando situações que beiravam à loucura. Via, por exemplo, Suzana sendo atropelada na Avenida Vieira Souto quando voltava da praia. Ao mesmo tempo, afastava a imagem da tragédia, pois seus filhos estariam com ela. Imaginava-a na cama com o amante, sendo surpreendida pela mulher dele, que, num acesso de fúria, a esfaquearia mortalmente (o amante de Suzana só podia ser casado, senão ela já teria ido embora). Quando Mariza telefonou dizendo que ela desaparecera, todas essas possibilidades vieram à tona. Ela fugira com o amante ou haviam feito um pacto de morte. Seriam encontrados nus, abraçados em uma cama de motel na Barra da Tijuca com um esgar estampado, pelo efeito do veneno. Chegou a ficar decepcionado quando chegou em casa e ficou sabendo que ela estava na maternidade, para onde fora levada, não se sabia por quem.

Ficara torcendo por complicações no parto e torcera pela morte do bastardo prematuro. Ficara esperançoso de que o cordão umbilical houvesse se enrolado no pescoço da criança, sufocando-a até a morte, ou de que Suzana tivesse uma eclampsia fatal, em que morreriam mãe e filho. Mas nada disso aconteceu. Suzana teve um parto demorado, mas sem nenhuma complicação. A criança nasceu perfeita e saudável, conforme soube pela enfermeira sorridente, que o cumprimentara ao mostrar o recém-nascido. Sentiu vontade de esganá-la quando ela lhe deu parabéns e completou: "Seu filho é perfeito e muito bonito".

Deixou Mariza com ela e voltou sozinho para o apartamento. No trajeto de volta, foi maquinando o que diria aos filhos. Pensara demoradamente antes de contar aos dois filhos a verdade sobre o suposto irmão, que estavam aguardando com ansiedade. Sentiu um grande dó dos dois, mal saídos da infância, mas já tendo que enfrentar um fato escabroso, que não tinham nem idade nem maturidade emocional para entender. O mais velho, com onze anos, foi direto:

— Mamãe te botou chifres, papai?

Alfredo não conseguiu responder como deveria, mas admitiu que Suzana o traíra com um desconhecido, do qual ficara grávida. O caçula olhou embasbacado para o irmão mais velho e completou:

— Mamãe deu para outro homem?

Foi o momento mais difícil da conversa com os dois meninos, repetidamente ensaiada. De nada adiantara ter se cercado de cuidados na escolha das palavras corretas para não chocá-los. Seus filhos já não eram mais crianças. Sabiam o que era trair e entenderam, sem muitas explicações, que a mãe deles praticara o que se chama de "crime de adultério". Ouviu do filho mais velho que eles já sabiam, há muito tempo, que as pessoas casadas são proibidas de manter relações sexuais com outros parceiros. Sabiam que a mãe deles não agira honestamente com o pai.

Foi muito duro ouvir isso de seus filhos, mas tornou mais fácil concluir o que pretendia. Ele ganhara aliados, e sua mulher, dois desafetos, que não a perdoariam nunca. Ficara arrependido de ter causado aos filhos um sofrimento desnecessário, mas não suportaria vê-los amando e cuidando de um bastardo como se fosse igual a eles.

Não conseguia avaliar o verdadeiro propósito do que fizera. Agira por vingança ou por ciúmes? A dúvida o estava incomodando. Sempre se considerara um homem acima desses sentimentos menos nobres, pois cultivava a tolerância e a compreensão como corolários de viver bem em sociedade. Não fazia distinção entre pobres e ricos e considerava-se um homem sem preconceitos, até onde havia experimentado situações em que tivera de firmar posição pessoal. Fora um bom filho, era um bom irmão e um amigo leal dos colegas de trabalho. Desde os tempos de faculdade conquistara sólidas amizades, e continuava mantendo contatos eventuais com os velhos companheiros. Gostaria de conviver mais com os amigos; suas responsabilidades na empresa nem sempre o permitiam, mas não se descuidava de telefonar nos aniversários e em datas festivas. Sabia tornar-se querido daqueles com quem convivia.

Por tudo isso, estava espantado com sua própria atitude, com o sentimento de animosidade que o assaltara depois que o bebê nascera. Sentira ímpetos de estrangular o bastardo quando o viu dormindo no mesmo berço em que seus dois filhos tinham sido embalados. O sentimento o repugnou e o fez apressar o retorno ao trabalho antes do término de sua licença.

Antes de subir ao quarto do hotel, avisou à recepção que atenderia qualquer chamado de sua casa, mesmo que fosse de criança. Estava se sentindo estranhamente inquieto, mas não deu importância. Devia ser pelo cansaço e pela agitação da semana anterior. Tomou uma dose de uísque e foi para o banheiro. Estava se despindo para entrar no boxe quando sentiu que perdia o equilíbrio. Não conseguiu se levantar, pois não comandava a perna direita. Tentou firmar-se na pia, mas o braço não obedeceu.

Estava lúcido, porém não conseguia articular um pedido de socorro. Lembrava-se vagamente de não ter conseguido se arrastar até o quarto. Permaneceu esparramado sobre o ladrilho até o dia seguinte.

Foi encontrado porque não conseguiu atender ao telefone da portaria, que o acordava todas as manhãs para ir trabalhar.

36.

Diante do desespero de Suzana, Mariza procurou acalmá-la. No dia seguinte, viajou para ver Alfredo. Hospedou-se no mesmo hotel em que o cunhado ficava. Disseram-lhe que o engenheiro era muito educado e que tinham estranhado quando chegou de viagem ao anoitecer de domingo, o que não era habitual. Normalmente, retornava da folga de madrugada, e antes das sete da manhã de segunda-feira saía para a companhia. Tinha autorizado receber ligações do Rio de Janeiro a qualquer hora, inclusive de seus filhos. Como de costume, às cinco e quarenta e cinco da manhã, haviam ligado para acordá-lo. Deram dois toques. Como até as sete horas ele não desceu, ligaram novamente. Não obtendo resposta, avisaram ao gerente do hotel.

Foram até o quarto. Alfredo não atendeu às insistentes batidas na porta. Usaram a chave-mestra para entrar e o encontraram no banheiro. Tentaram levantá-lo, mas perceberam que estava sem movimentos na perna. O braço direito estava inerte. Chamaram imediatamente uma ambulância, que o conduziu ao único hospital da cidade. Por fim, avisaram à companhia sobre o ocorrido.

Haviam sido informados, por telefone, que o doutor Alfredo estava na UTI, em observação. Segundo a atendente, ele não podia receber visitas, mas a companhia estava dando toda a assistência e a família já havia sido avisada. Ficaram sabendo pelo RH da companhia que o doutor Alfredo tivera um AVC hemorrágico. Não havia prognóstico de sequelas.

Mariza agradeceu e foi ao hospital. Informaram-lhe que

Alfredo continuava na UTI, onde deveria permanecer por duas semanas, um procedimento médico preventivo em casos de AVC. Conseguiu falar com o médico de plantão na unidade, que a tranquilizou quanto ao estado do paciente até aquele momento; explicou que Alfredo tivera um AVC há cerca de quarenta e oito horas e não havia sinais de novo evento. O fato de não ter sido atendido imediatamente agravara o quadro. O período crítico se estenderia por cerca de duas semanas, o que não significava que ele estava livre de ter outro derrame. O médico foi cauteloso, mas podia afirmar que o paciente estava reagindo bem. Ela poderia vê-lo por 15 minutos, mas, provavelmente, ele não a reconheceria, o que era normal. Em casos semelhantes, somente depois de alguns meses é que o paciente volta a conversar e reconhecer as pessoas. Tudo dependia da extensão da lesão. O AVC de Alfredo atingira o lado esquerdo do cérebro, mas não era possível avaliar sua extensão nem os danos causados. Dentro de duas semanas, se nenhum fato novo ocorresse, ele poderia ser transferido para outro hospital no Rio de Janeiro, mas isso não era aconselhável. Dependendo da evolução, haveria a possibilidade de receber alta e continuar sendo assistido em casa. Havia camas hospitalares tipo "Fowler" e utilitários de uso diário que poderiam ser alugados em casas especializadas. Ele deveria ficar aos cuidados de enfermeiro durante todo o tempo de recuperação.

Alfredo estava recebendo o tratamento padrão e o hospital, apesar de pequeno, estava aparelhado para dar assistência e suporte àquele tipo de acidente vascular. Todas as despesas seriam cobertas pelo convênio da companhia petrolífera. Em caso de emergência, ele seria levado de helicóptero para o Rio de Janeiro, tudo por conta da companhia.

Mariza voltou ao hotel e transmitiu tudo minuciosamente a Suzana. Ficaria na cidade por mais alguns dias para acompanhar a evolução do quadro de saúde do cunhado. Suzana pediu que ficasse apenas mais dois dias e voltasse ao Rio de Janeiro. Estava precisando dela em casa para acalmar os dois filhos mais velhos, que a estavam hostilizando por causa do pequeno Pedro Vítor. O filho mais velho havia telefonado para o hotel. A pessoa que o atendeu tinha contado que o pai estava no hospital e ele contou ao irmão mais novo. Ambos choraram trancados no quarto.

Ela tinha ficado sem ação quando ouviu deles que era a culpada de tudo o que estava acontecendo com o pai. Desabou em lágrimas. Mariza tentou amenizar as acusações dos meninos, mesmo sabendo que era inútil. Eram crianças, afinal de contas. Suzana sentia-se derrotada, achando que estava sendo castigada, pois até o leite havia secado e já estava alimentando seu filho com leite em pó.

Mariza decidiu voltar logo para aliviar a tensão no apartamento. Foi ao hospital no dia seguinte pela manhã e conseguiu ver Alfredo na UTI. Ele continuava sedado e mal abriu os olhos. Teve a impressão de que a reconheceu. Mesmo tendo dúvidas se ele entenderia, disse que voltaria a vê-lo e que tudo em casa estava bem, os filhos não sabiam de nada, mas que contaria para eles que o pai estava melhorando e que em breve voltaria. Não conseguiu conter o choro e derramou algumas lágrimas antes de ir embora. Alfredo ensaiou um sorriso tímido, como se tivesse entendido o que ela dissera.

Quando chegou ao apartamento, para tentar acalmar a irmã, Mariza contou que de acordo com os médicos o quadro evoluía dentro do esperado; se Alfredo superasse as primeiras duas semanas sem nenhum outro AVC poderia ter alta e voltar para casa. Isso animou Suzana, que conseguiu sorrir pela primeira vez desde que seu filho nascera.

Mariza foi procurar os sobrinhos, que a preocupavam ainda mais. Sua irmã era adulta e capaz de superar esses embates da vida. Os meninos estavam abalados e precisavam de ajuda. Chegara à conclusão de que Alfredo era frágil e despreparado para enfrentar vicissitudes. Não minimizava a gravidade das atitudes de Suzana. Ela fora leviana, mas tivera coragem de assumir a responsabilidade pelos seus atos. Pelo que sabia, sua irmã pedira a separação, e Alfredo se negara a conceder. Não sabia qual dos dois fora o mais desmiolado.

De qualquer modo, não adiantava lastimar o acontecido. Tomara para si o fardo pesado de tentar trazer um pouco de paz à casa em que vivia e na qual fora muito feliz. Não deixaria a família desmoronar, nem que fosse preciso se sacrificar para evitá-lo. Não conseguira ainda traçar um plano de ação para apaziguar as emoções e amainar as discórdias. Aproveitou a ansiedade dos sobrinhos, que queriam saber notícias do pai, para se reaproximar e também demonstrar sua preocupação com Alfredo.

Os dois rapazinhos a ouviram atentamente. Perguntaram se o pai ia ficar bom e quando viria para casa. Ela disse o que podia dizer, mas não se comprometeu com prazos nem com qualquer possibilidade de eles poderem ir ver o pai no hospital. Deveriam continuar indo ao colégio e fazendo suas obrigações escolares, pois essa era a vontade do pai, que recomendara também que não brigassem com a mãe nem com o bebê.

Evitou entrar em pormenores. Acrescentou que o médico recomendara muita paz em casa quando ele tivesse autorização para deixar o hospital. Mariza pôde, finalmente, respirar aliviada quando os dois sobrinhos foram ao quarto e beijaram a mãe antes de saírem para a escola. Lamentou, no entanto, não terem olhado para o berço onde descansava Pedro Vítor. *Nada melhor do que o tempo para aplacar sentimentos de raiva e desamor* — desabafou para si mesma, sem muita convicção.

37.

Pedro Quintana continuava telefonando para Suzana todos os dias. Queria ver o filho e não se conformava com a recusa da amante em deixá-lo ir ao apartamento. Argumentava que chegaria somente até o hall do elevador e ficaria satisfeito de vê-lo na porta por alguns minutos, nos braços dela ou de Mariza. Implorava e, repetidas vezes, desligara o telefone com raiva ante a reação de Suzana. Ela argumentava que seria muito perigoso, para ele, para ela e para o bebê, se Alfredo ficasse sabendo. Seus filhos estavam de sobreaviso, pois o pai contara a eles que o pai do bebê era um desconhecido. O ambiente na casa dela era o pior possível, e ela não queria que azedasse mais ainda por mais um ato impensado. Ele teria que ter paciência. Se não por ela, ao menos pelo pequeno Pedro Vítor.

Pedro ouvia, mas não concordava. Não suportava ser privado de ver seu filho. Sua vida já estava tão despedaçada que não se importava se mais algum infortúnio fosse acrescentado aos que havia acumulado desde que conhecera Suzana. Não tivera coragem de dizer-lhe essas coisas em razão do que ela estava suportando. A hostilidade dos filhos devia ser o que mais a atormentava, pois a do marido já esperava com antecedência, sabia que se agravaria quando o bebê nascesse. Culpava-se por tudo. Já não conseguia repartir o fardo da derrota com ninguém. Ele era o único perdedor, o fracassado comerciante, o fraco da relação, o idiota que não conseguira separar a vida profissional da vida amorosa. Não se desculpava de sua parvoíce e de ter se esquecido de cumprir sua obrigação no primeiro emprego decente que conseguira, depois que fracassara como comerciante. Como absolver-se?

Já não cuidava da aparência nem se preocupava em trocar a surrada calça de brim, a mesma que usava para sair e para dormir. Trocava as camisetas à medida que ficavam sujas. Tomava banho quando sentia que o cheiro de suor já estava incomodando até a ele mesmo. Não se reconhecia mais. Nunca fora assim. Ficou sem ir à faculdade por duas semanas e só se deu conta quando Suzana lhe perguntou o que ele estava fazendo em casa à noite. Tentou negacear para escapulir, mas Suzana não deixou. Foi implacável. Como ele pretendia cuidar de seu filho se não estava cuidando dele mesmo?

Pedro não soube responder. Ela o lembrou de que não estava reconhecendo o homem que a havia conquistado tão inteiramente que a fizera querer ter um filho dele. Pedro encolheu-se de vergonha ao saber que Suzana já não o admirava como antes. Tentou levantar o moral e buscar um caminho para recomeçar. Voltou à faculdade e tentou colocar a matéria em dia. Lavou suas camisas, trocou a calça jeans e escovou seu melhor terno, na esperança de conseguir um novo emprego em outro escritório de advocacia. Visitou cinco escritórios e esbarrou na pergunta clássica: "Tem experiência anterior?"

Não mentiu. Citou o antigo escritório e ficou esperando uma resposta. A inquietação aumentava à medida que esperava. Enfim, viu que ninguém o chamaria para trabalhar na área. À míngua de horizontes na carreira jurídica, tentou, sem sucesso, um emprego de vendedor. Floreou seu currículo e o deixou nas lojas de calçados e roupas masculinas. Não recebeu nenhuma resposta ou convite para ser entrevistado. Decidiu que iria trabalhar na praia, vendendo salgados, sucos, pipas ou água de coco. Descobriu que todos os vendedores ambulantes tinham áreas demarcadas, que eram respeitadas pelos colegas. Não havia vagas nas empresas que forneciam salgados, batatas fritas e comidas típicas. Ele não podia comprar e revender, pois o preço não seria competitivo.

Não era simples ganhar a vida, nem mesmo na clandestinidade. Sem nenhum dinheiro para investir, imaginou vender o carro, que ainda mantinha por causa da faculdade e do resto de dignidade que ainda conservava (ou seria vaidade?), um último alento para não desacorçoar e desistir da vida. O carro não valia muito, mas foi um dinheiro que entrou limpo em seu bolso e inflou seu peito de coragem e novas esperanças. Mudou-se para um quarto perto da Central do Brasil, mais perto da faculdade (doravante iria às aulas a pé), que custava um décimo do aluguel do apartamento. Os móveis da sala e apetrechos de cozinha não renderam muito, apenas o suficiente para pagar os primeiros meses do novo aluguel. O que restou daria para pagar os pratos feitos diários em uma pensão, próximo de onde fora morar.

Pensou em conservar a geladeira mas desistiu, pois ela não cabia no quarto. Ainda que coubesse, teria que pagar uma taxa extra pela energia elétrica consumida. Vendeu-a e amealhou mais dinheiro. Estava equilibrado, pelo menos até encontrar emprego. Já não escolhia, pois desistira dos empregos qualificados. Finalmente, foi admitido como cobrador de uma linha de ônibus que ligava Cascadura à Praça Tiradentes. O itinerário era longo, mas aceitou o emprego como se fosse um milagre em sua vida.

Passou a conhecer a vida dura das pessoas que andam de ônibus. Viu pessoas idosas viajando espremidas, sem ter onde se sentar, sendo sacolejadas para todos os lados quando o veículo adernava nas curvas. Não ouvia reclamações, e adivinhava, pelas feições indiferentes, o conformismo com a vida que levavam. Ele também estava conformado com a vida. Já não telefonava todos os dias para Suzana, pois percebera que ela estava impaciente. Contou que havia saído do apartamento, vendido tudo e devolvido o telefone.

Ela já não podia falar com ele quando quisesse, pois a dona da pensão não chamava nenhum morador, exceto se fosse uma emergência. Ele iria telefonando à medida que fosse possível. Havia voltado à faculdade, pois estava morando próximo e não ia perder cinco anos de esforço. Faltavam apenas seis meses para se formar. Não lhe contou suas peripécias para arranjar emprego na área jurídica e omitiu o que estava fazendo. Felizmente, ela não insistiu. Quando falava no filho, Suzana desconversava. Dizia que ele teria muito tempo pela frente para conviver com Pedro Vítor.

Deixou no ar um laivo de esperança de que em breve tudo se ajeitaria. Ele quis saber mais. Porém, ela foi lacônica:

— Nem sempre se pode falar tudo, Pedro! Tenha paciência! Há coisas acontecendo na minha vida que não posso contar agora.

Pedro desligou, contrariado. Não gostava de coisas misteriosas. Nunca escondera nada de Suzana, mas pouco sabia da vida da mãe de seu filho. O que estaria acontecendo? Ele tinha o direito de saber, pois seu filho estava envolvido diretamente. Não conseguiu dormir direito à noite no quarto abafado, cheirando a mofo. No outro dia, falaria com a dona da pensão, pois queria mudar de quarto ou iria embora. Alguma coisa positiva havia em sua vida. Não estava preso a nada. Era só colocar suas roupas na mala e ir para outro lugar. Era pobre, mas era livre.

38.

Alfredo ficou três semanas no hospital. Seu lado esquerdo estava paralisado do ombro ao pé. Sua boca estava retorcida do mesmo lado. Articulava as palavras com dificuldade e seu humor havia mudado completamente. Ria sem motivo e chorava com a mesma facilidade, diante de um mesmo assunto, pergunta ou acontecimento. Não parecia discernir entre um assunto sério e uma piada. Oscilava entre a alegria e a tristeza, que pareciam afetá-lo com a mesma intensidade.

Suzana viajou para vê-lo sem o pequeno Vítor. Conseguiu ficar no hospital apenas meia hora. Voltou ao Rio e pediu a Mariza que providenciasse tudo o que fosse necessário para dar conforto ao espectro do que fora seu marido. Mariza não encontrou obstáculos para atender à irmã. O departamento de RH da empresa foi solícito em tudo. Providenciou ambulância e um enfermeiro para acompanhar Alfredo até colocá-lo na cama fowler no apartamento. Por ordem médica, teria que começar a fazer fisioterapia imediatamente, todos os dias, para recuperar os movimentos do braço e da perna, até onde fosse possível. Era provável que a fisioterapia fosse permanente: "Pelo resto da vida", sentenciou o médico, sem fazer cerimônia. Explicou que preferia dizer a verdade e que tivessem depois uma boa surpresa a dar esperanças que não podia assegurar.

O AVC havia sido extenso. Alfredo seria um cadeirante, mesmo depois que a fase inicial fosse superada. Precisaria de cuidados diuturnos. Era aconselhável que contratassem enfermeiros mensalistas, para amenizar as despesas. Somente depois de três meses seria liberado para tomar banho de chuveiro e usar o banheiro para suas necessidades primárias, mas com a presença de pessoal especializado.

Suzana e Mariza ouviram tudo com disfarçado desalento, pois não tinham opção. Uma rotina inesperada e estressante teve início na casa da família. Os dois filhos ficaram fortemente impressionados com a aparência do pai. Alfredo não os reconheceu, perguntou quem eram. Suzana ficou petrificada quando ouviu. Mariza levou os sobrinhos para o quarto, onde conversaram por longo tempo. Respondeu a todas as perguntas sem subterfúgios. Era preciso que eles soubessem o que acontecera, para não criarem fantasias nem alimentarem falsas esperanças. Foi muito difícil manter a calma e o tom de voz enquanto dizia aos dois jovens assustados que o pai nunca mais os acompanharia à praia, senão em uma cadeira de rodas, que teriam que empurrar. Mariza preferiu ser dura e verdadeira, para não perder o respeito dos sobrinhos. Sabia que o tempo mostraria que ela não mentira no infortúnio e que podiam continuar confiando nela, pois nunca os enganaria.

Os meninos a abraçaram ternamente, como se pedissem desculpas por tudo o que haviam feito. Sobre a mãe, não fizeram nenhum comentário quando a tia ensaiou lhes dizer que ela estava empenhada em dar conforto e atenção ao marido. O mais velho a olhou com ar de desdém. Em seguida, pegou a mão do irmão e saíram para conversar em outro lugar. Mariza ficou sem chão. Seus sobrinhos estavam agindo como adultos, embora ainda fossem crianças. Precisava redobrar seus cuidados ao conversar com eles. Quanto ao que eles maquinavam, precisava ter paciência e esperar o momento adequado para ouvi-los e tentar entender.

Suzana precisava ser avisada para ficar atenta aos sentimentos dos dois filhos. Estavam em uma idade perigosa, em que a fantasia supera a realidade e as emoções nem sempre são controláveis. Gostaria de ajudar mais a irmã, mas sentia-se impotente diante da avalanche que invadira as vidas de todos, tudo decorrente da leviandade de Suzana. As razões de sua irmã, embora ponderáveis, não diminuíam sua culpa pelos desdobramentos danosos que afetariam a vida de seus três filhos e dela mesma, pois se era vítima, era também a causadora de tanta dor e desalento.

Alfredo transformara-se em um morto vivo, dependente para tudo, falando enrolado como se estivesse bêbado. O homem vaidoso e independente, que dava ordens e não aceitava opiniões contrárias às suas, transformara-se em uma triste figura, que inspirava dó, quando não repulsa. Seus filhos se aproximavam apenas para pedir a bênção, mas não o beijavam. Mariza insistia para que continuassem carinhosos com o pai, mas os meninos se recusavam. Ante a insistência da tia, o mais velho foi taxativo:

— Este aí não é meu pai.

Ela sentiu vontade de dar-lhe uma bofetada, mas se conteve.

Alfredo fazia fisioterapia todos os dias. Ela não conseguia ver progressos em seu estado de saúde, mas o médico insistia em que continuasse, pois o resultado seria lento. A casa girava em torno de Alfredo. Havia um entra e sai de enfermeiros, fisioterapeutas e fonoaudiólogos. Apareceu até um homem que se dizia milagroso. Mariza ficou sabendo que Suzana o convidara, por sugestão de sua amiga Maria Lúcia. Felizmente, as sessões de cura duraram pouco. O preço que o homem cobrava por visita fez minguar as economias de Suzana. Continuaram fazendo massagens com óleo de sebo de carneiro nos membros sem função de Alfredo.

Por fim, após seis meses, ele começou a articular algumas palavras e a ficar sentado na poltrona da sala, em frente à TV. Mariza ficava observando de longe. O rosto de Alfredo já não entortava quando ele ria e os lábios não se contorciam quando falava. O que mais a impressionava era o olhar do cunhado. Provocava-lhe arrepios de medo quando ele o fixava na direção de Suzana e do filho que ela trazia no colo. Era um olhar frio, de onde parecia brotar um sentimento de crueldade. A maldade era latente na expressão do rosto, será que Suzana não percebia? Pediu à irmã para não trazer Pedro Vítor à sala quando Alfredo estivesse vendo TV. Não disse porquê. Suzana sorriu e a aquietou:

— Não se preocupe, Mariza. Ele é totalmente inofensivo.

39.

Suzana estava vivendo momentos de grande enlevo com Pedro Vítor, o filho de seu amor espúrio. Havia sublimado seus erros e procurava afogar seus medos no acendrado amor que devotava ao novo rebento. Continuava amando seus dois filhos com Alfredo, mas sentia que era diferente o sentimento que dedicava ao fruto de seu amor tempestuoso, mas profundo e completo.

Já não se importava mais quando Pedro Quintana deixava de telefonar, por intervalos cada vez maiores. Ele devia estar vivendo seu inferno pessoal, pois ainda não pudera embalar o filho em seus braços. Com Alfredo dentro de casa e o vaivém de profissionais de saúde, permitir que o seu homem viesse ver o filho era insensato e arriscado, poderia colocar em risco a relativa tranquilidade que sua vida adquirira. Dentro de seu quarto, construíra seu mundo particular. Cuidava para que nada faltasse ao marido enfermo. Tentava ser afetuosa com os filhos quando havia alguma brecha, raramente entreaberta, no mutismo em que haviam se trancado. Percebia que Mariza procurava amenizar os encontros entre eles, mas sentia que ela era impotente diante do gênio forte das crianças. O mais velho era o mais arredio. Por conta disso, o outro irmão também se afastara, dela e do pai. A única pessoa que conseguia se aproximar era Mariza, mas apenas porque conseguira tornar-se indispensável para seus desejos e conforto.

Enfim, a vida de Suzana se tornara uma inexplicável teia de contradições: era feliz porque tinha um marido que, embora doente e prematuramente inútil, continuava presente e provedor.

Nada mudara na vida financeira do casal. Alfredo continuava recebendo o mesmo salário e bônus, como se estivesse na ativa. Os filhos, insurgentes e cada vez mais revoltados, haviam criado uma situação paralela de difícil solução, mas não de impossível resolução. Cresceriam, iriam se tornar adultos e teriam uma postura diferente. Era apenas questão de tempo. Não acalentava grandes esperanças de que voltariam a ter por ela o mesmo carinho e respeito, pois pensariam sempre como homens. Talvez as coisas fossem diferentes se fossem filhas, mas essa hipótese não a ajudava em nada. Vivia uma realidade que não se modificaria. Tinha Mariza, a doce irmã que não a abandonara mesmo discordando de sua opção de procurar ser feliz a qualquer custo, nem a acusara de nada, nem nos momentos tensos da descoberta de sua gravidez. Amor incondicional não é somente o de mãe, pois Mariza a amava sem esperar nada em troca.

A doação de sua irmã em prol da paz em sua casa extrapolava qualquer sentimento de amor que Suzana conhecia. Mariza continuava sendo o esteio da harmonia em família, o meio termo do equilíbrio da casa. Nunca ouvira dela qualquer queixume a respeito dos sobrinhos ou de Alfredo. Não conseguia entender como podia ser tão disponível.

Quanto a Pedro Quintana, havia uma grande injustiça que precisava ser reparada. Por sua culpa ou covardia, ele não pudera conhecer o filho. Criara tantas dificuldades e perigos imaginários que ele estava em silêncio havia mais de dois meses.

Pedro Vítor em breve completaria nove meses. Já engatinhava pela casa. Era uma bela criança, sempre sorridente. Dormia a noite inteira. Depois que largara o peito, ficara tudo mais fácil. Quando acordava durante a noite, pegava a mamadeira, já preparada por Mariza, e colocava em sua boquinha. Ele sugava tudo e depois deixava a mamadeira rolar para o lado, enquanto dormia até amanhecer.

Telefonou para Pedro Quintana e deixou recado para que retornasse. À noite, quando já se preparava para dormir, pôde atender e ouvir sua voz, que lhe pareceu um tanto assustada. Acalmou-o dizendo que estava tudo bem, exceto pela doença de Alfredo, que havia tumultuado a casa e impedido que ela ligasse mais vezes, como gostaria. Estava impedida de atender seus telefonemas porque Alfredo estava ocupando o quarto de hóspedes, de onde podia ouvir o que ela dizia. Podia falar naquele momento porque o enfermeiro estava com o marido na sala de televisão.

Pedro não demonstrou nenhum interesse em saber o que havia acontecido. Ela não insistiu em contar nada além do necessário. Explicou que ele estava em uma cadeira de rodas, mas fazendo fisioterapia para recuperar e fortalecer os movimentos. Quanto a Pedro Vítor, não poupou palavras de amor e carinho. O pai ficou ouvindo sem dizer palavra. Antes que Pedro dissesse que queria vê-lo, Suzana se adiantou:

— Tenha só mais um pouco de paciência. Vou arranjar uma desculpa e levá-lo até você.

Pedro Quintana lhe disse para não fazer isso. Ele iria ao apartamento ou a algum lugar próximo da casa dela para encontrá-los. Suzana insistiu:

— Quero ver onde você está morando.

— Acho melhor não. Você não vai gostar do lugar.

— Quero saber como o pai de meu filho está vivendo. Não me importa se é numa pensão no centro da cidade. O importante para nós é saber se está confortável e feliz.

Suzana não deixou Pedro continuar. Sabia que ele desistira de procurar emprego na área jurídica e estava morando em um quarto. Não conseguiu saber que tipo de emprego tinha arranjado, mesmo tendo insistido. Se ele estava escondendo é porque sentia vergonha do que fazia. Quis saber sobre a faculdade, mas apenas recebeu uma resposta vaga de que em breve seria bacharel em Direito. Pelo menos teria um diploma, o que a aliviou, já que nem tudo estava perdido.

Quando pudesse deixar Pedro Vítor com Mariza, iria ver seu homem. O desejo de fazer amor com Pedro nunca esmaecera. Ansiava pelo futuro, pois acreditava que a felicidade ainda haveria de sorrir para os dois. Mereciam ser felizes, mesmo tendo machucado Alfredo e feito dois jovens infelizes. Ao desligar, foi carinhosa:

— Pedro, não se esqueça de que eu te amo, muito mais ainda, pois agora tenho Pedro Vítor, que é um pedaço de nós dois.

40.

Pedro Quintana fez um balanço de sua vida. Estava exausto, depois de um dia trabalho estafante, dentro de um ônibus quente e cheio de pessoas também cansadas, encharcadas de suor, sob o calor sufocante do verão carioca. Quando voltava para casa, conferira o termômetro da Avenida Presidente Vargas: 38 graus. Não sabia como conseguia manter-se de pé para ir à faculdade todas as noites, depois de enfrentar mais de oito horas dentro de um ônibus. Felizmente, faltavam apenas dois meses para as provas finais.

Não pôde participar das comemorações de formatura. Inventou uma desculpa qualquer para esconder sua impossibilidade de arcar com o preço da beca, das fotos e do baile. Gostaria de ter ido, mas teria que gastar boa parte de suas economias. Consolava-se, pois receberia o certificado de conclusão do curso da mesma forma. Com o dinheiro economizado, pagaria sua inscrição na OAB e estaria apto para advogar. Quem sabe encontraria uma mesa para alugar em um escritório modesto, onde vários advogados trabalham e rateiam as despesas?

Precisava deixar o emprego de cobrador de ônibus. Foi com essa disposição que finalmente conseguiu adormecer, depois da forte emoção de ouvir Suzana dizer que o amava muito, mais ainda porque tinha Pedro Vítor. O filho sempre o despertava para suas responsabilidades. Sentia-se angustiado pela falta de perspectivas, mas quando se lembrava do filho um alento interior o impulsionava à procura de um caminho diferente. O que ganhava dava para comer, beber sua cerveja, pagar o aluguel e, de vez em quando, comprar uma camisa nova e uma calça. Usava o uniforme de cobrador que a companhia oferecia de graça. Sapato social de couro era um luxo que abolira de sua vida. Usava botas de cano curto, que contrastavam com a calça social de má qualidade.

Sabia que estava fazendo má figura perante seus colegas. As moças tinham se afastado, nem para um papo amigável se aproximavam. Transformara-se de príncipe em sapo, mas não conseguia reagir. No dia seguinte, foi a uma loja e comprou um bom sapato social de couro nobre, mas logo depois se arrependeu, pois custou a metade do salário, e o fim do mês ainda estava longe. Quando voltou à pensão, experimentou os sapatos novos. A calça de tergal não combinava com eles, mas não podia se endividar com a compra de outra. Teria que esperar o mês seguinte.

E o presente para seu filho? E para Suzana? Não queria chorar. Reprimiu-se. Vestiu novamente o uniforme de cobrador quando pensou em sair e tomar uma cerveja para desanuviar a mente. Desistiu. Não podia gastar mais dinheiro. Estava envergonhado por se sentir tão emotivo. Segurou firme, até não aguentar mais a pressão. Desabou sobre a cama e soluçou até não ter mais lágrimas nem forças para levantar.

Dormiu com o uniforme de cobrador. No dia seguinte, recebeu uma repreensão por estar todo amarrotado:

— A empresa fornece o uniforme, mas cuidar dele, mantê-lo limpo e passado é obrigação do empregado.

Ouviu calado, pois não podia perder o emprego. Quando retornou à pensão, à noite, encontrou Suzana e seu filho à sua espera na sala de entrada. Ficou sem saber se os abraçava ou se beijava o filho. Pedro Vítor estranhou sua aproximação desajeitada e começou a chorar. Suzana foi para a calçada em frente e ficou embalando o filho, para acalmá-lo. A dona da pensão apareceu para ver a razão do choro. Suzana contou quem era. Incrédula, a mulher olhou para suas roupas e para o filho que aconchegava nos braços. Em seguida, olhou Pedro Quintana. Quando Suzana disse que o pai de seu filho era ele, apontando para seu hóspede, ela deu as costas e foi para dentro da pensão. A expressão do rosto era de quem não acreditava no que havia visto nem ouvido. Suzana calçava sapatos de salto agulha e vestia um vestido de seda com gola bordada. O bebê não destoava da mãe, pois vestia um macacão colorido com flores azuis. No peito, trazia um broche dourado, de onde prendia uma chupeta.

Atordoada com a reação da dona da pensão, Suzana pediu a Pedro que saíssem dali. Ele não sabia para onde levá-los. Os bares e os restaurantes que frequentava não seriam adequados para entrar com Suzana tão bem vestida. Ela parou um táxi e ordenou ao motorista que os levasse ao aeroporto Santos Dumont. Pedro criou coragem e disse que não tinha dinheiro para entrar em um restaurante caro. Suzana sorriu e apertou seus lábios com o dedo indicador, dizendo que ela estava convidando e pagaria a despesa. Pedro estava completamente sem lugar, trajando o uniforme cáqui de cobrador de ônibus, ao lado de uma mulher elegante.

O constrangimento de Pedro era tão visível que Suzana se aconchegou ao seu braço e desfilou com seu homem até o piso superior do aeroporto, onde ficavam os melhores restaurantes. Pedro Vítor, mais calmo, foi para os braços de Pedro, que o aconchegou ao peito com os olhos marejados de lágrimas. A emoção era evidente e a cena era inusitada, mesmo para os discretos cariocas que passavam. Pedro quis saber como ela soubera do endereço. Suzana sorriu:

— Perguntei à dona da pensão. Disse que era sua irmã.

O diálogo parou aí. Pedro não tinha assunto para conversar com a mulher que preenchera todos os seus sonhos de homem maduro. Ela, percebendo o embaraço, continuou, ternamente:

— O que te preocupa tanto, Pedro? Não vim à sua procura para humilhá-lo. Eu nunca faria isso com o homem que amo. Vim de surpresa para que conhecesse nosso filho e para dizer que meus sentimentos continuam os mesmos. Não é porque está uniformizado de motorista que vou deixar de gostar de você.

— Não sou motorista de ônibus, Suzana, pois nem isso tive a capacidade de ser. Não tenho carteira de motorista que permita dirigir coletivos. Sou apenas o cobrador, ou um quase advogado fracassado.

— Não quero ouvir você falando desse jeito. Se insistir,

vamos embora.

— Não! Não! Fique, por favor! Quero ficar abraçado ao meu filho e olhar você de novo, sem pressa. Você não vai conseguir imaginar o quanto sofri durante todo esse tempo longe.

— Posso imaginar sim, Pedro! Eu também sofri muito, mas não quero comparar sofrimentos.

— É impossível comparar sentimentos! Somente quem viveu sabe o quanto doeu. Desculpe pelo pessimismo.

— Eu não posso demorar muito. Pedro Vítor precisa dormir cedo. Quero vê-lo amanhã, só nós dois.

— Mas...

— Sei que não tem dinheiro. Eu tenho. Falte ao trabalho amanhã, venho apanhá-lo de carro logo após o almoço.

— Vou perder o emprego.

— Mas vai me ter inteirinha.

Suzana pagou a conta. Saíram. Pedro recusou-se a ir de táxi até a pensão. Iria de ônibus, como estava acostumado a fazer. Precisava andar um pouco também, disse, se desculpando. Suzana beijou-o delicadamente ao se despedir. Pedro beijou o filho e pediu desculpas:

— Suzana, eu te amo tanto que até dói. Dá para entender?

41.

Alfredo estava apresentando uma recuperação que surpreendia o fisioterapeuta. Este comentou com os enfermeiros e confirmou que, efetivamente, o paciente estava recuperando os movimentos da perna e, mais ainda, a força do braço e da mão. Já conseguia firmar-se nos braços do sofá para levantar o corpo e sentar-se na cadeira de rodas. Já articulava a fala e os lábios se colavam para fechar a boca com naturalidade. Estava recuperando o entendimento, pois respondia às perguntas com raciocínio lógico. Raramente se atrapalhava ao citar nomes dos artistas das novelas que via habitualmente na TV. Quando queria água, pedia normalmente, dizendo que estava com sede. Aos poucos, recuperava o controle e já não aceitava que o alimentassem. Gostava de cortar sua carne e os legumes. Às vezes atrapalhava-se com o garfo ao equilibrar a comida que levava à boca. O fisioterapeuta disse que era normal, mas que se continuasse progredindo no mesmo ritmo em breve poderia limpar-se sozinho após o uso do vaso sanitário. Achava que poderia ficar debaixo do chuveiro e lavar-se, mas não tinha certeza se conseguiria firmar-se sobre as pernas. Poderia tomar banho sentado em uma cadeira própria para esse fim. Quanto a voltar a andar, era um exercício de adivinhação que não se permitia fazer.

Suzana e Mariza ouviram tudo em absoluto silêncio. Alfredo provavelmente nunca mais andaria, nem mesmo usando um aparelho de metal especialmente adaptado para fixar a perna atingida pela paralisia. Não havia nada que pudesse ser feito para diminuir a espasticidade dos músculos da perna e do braço. O que se pretendia era que continuasse a fisioterapia para manter o que haviam conseguido.

Alfredo começou a fazer exercícios com uma bola de borracha, para fortalecer os movimentos da mão, o que gerou resultados alvissareiros. Como já conseguia movimentar a cadeira de rodas, lhe permitiram que fosse até a orla, mas sempre acompanhado por um enfermeiro. Quando voltava do passeio, contava aos filhos o que vira, mas nunca perguntava por Pedro Vítor. Conseguia ver os cadernos escolares, mas parecia indiferente. O que mais prendia sua atenção eram as novelas da TV. Mariza trouxe alguns livros, mas ele preferia revistas de fofocas, que folheava, repetidamente. Nada mais o interessava, exceto uma curiosidade enorme sobre Suzana, onde estava, o que estava fazendo e aonde tinha ido quando sentia sua ausência na casa. Quando ela reaparecia, não demonstrava contentamento, como se o fato de vê-la lhe bastasse. Mariza observava o interesse de Alfredo, mas não comentava com a irmã. Preferia calar-se a criar situações de tensão e desconfiança. Já bastava o clima pesado em que viviam.

Quando Suzana saiu naquele fim de tarde, levando o filho, Mariza teve que explicar para Alfredo que fora comprar roupas para Pedro Vítor, que crescia rapidamente, como toda criança naquela idade. Quando Suzana chegou, Alfredo quis ver as roupas que ela havia comprado. Mariza pegou algumas roupas que ainda estavam embaladas na gaveta e as levou para o cunhado conferir se ela dissera a verdade. Alfredo não se convenceu. Queria ver os comprovantes fiscais das compras. Suzana interferiu em defesa da irmã:

— Mariza não pode mostrar as notas fiscais, Alfredo. Você sabe que sempre jogo as notas no lixo.

Alfredo não insistiu mais. Esboçou um sorriso discreto e impulsionou a cadeira de rodas até a sala de TV. Mariza aproveitou o momento para dizer a Suzana que deveria ser prudente, pois se Alfredo estava imobilizado fisicamente, a mente dele estava funcionando como antes.

Suzana soltou um muxoxo de desprezo e continuou seus preparativos para ir se encontrar com Pedro Quintana no dia seguinte. Quando foi pedir a Mariza que ficasse com Pedro Vítor durante a tarde, pois precisava sair, a irmã estremeceu:

— Suzana, o que você vai fazer? Já não chega ter saído ontem? Você viu como Alfredo ficou desconfiado!

— Vou sair como sempre fiz. Não tenho culpa de Alfredo estar em uma cadeira de rodas. Estou pedindo apenas que tome conta de Pedro Vítor enquanto eu estiver fora. Só isso.

— Não é "só isso", Suzana! Você está me pedindo para ser conivente e para mentir quando Alfredo perguntar, como fiz ontem.

— Se você não quer ficar com Pedro Vítor, vou deixá-lo com a faxineira.

— Faça como quiser! Tenho uma entrevista para um emprego, e você sabia disso.

— Sabia, mas esqueci! Vai ficar ou não com Pedro Vítor?

— Já disse que não posso! É o emprego que estou esperando há tanto tempo... Não dá para entender?

— Dá para entender! Mas não posso deixar de ir.

As duas irmãs saíram ao mesmo tempo. Suzana foi até a garagem do prédio. Mariza refletiu um pouco e voltou ao apartamento. Estava preocupada em deixar Pedro Vítor aos cuidados da faxineira. Ela era de confiança e estava na casa desde que Alfredo adoecera, mas nada sabia além disso. Ficou no apartamento por alguns minutos. Viu que Alfredo dormia sentado em frente à TV. O enfermeiro estava almoçando na cozinha e Pedro Vítor brincava com uma colher, sentado na cadeira onde comia. Tudo parecia em paz. Perguntou ao enfermeiro quanto tempo Alfredo costumava dormir.

— Cerca de duas horas, todas as tardes.

Perguntou à faxineira se ela estaria livre para cuidar do bebê.

— Cuido dele, sim, dona Mariza. Adoro crianças, e dona Suzana disse que não ia demorar. Logo que limpar a cozinha, vou brincar com ele no quarto.

Mariza ficou mais sossegada e saiu apressada, pois a entrevista estava marcada para dali a quinze minutos. Não podia chegar atrasada. Acenou para um táxi e deu o endereço. Foi entrevistada, mas não esperou o resultado. Estava estranhamente apreensiva. Queria voltar logo para casa. Se fosse admitida, gostaria de ser avisada por telefone, solicitou um tanto constrangida.

Quando chegou em casa, Alfredo já havia acordado e conversava tranquilamente com o enfermeiro. Pedro Vítor, no quarto com a faxineira, abriu os braços e um sorriso quando a viu. Beijou o sobrinho repetidas vezes, agradeceu à moça pelo zelo, dispensando-a para continuar seus afazeres. Depois que Pedro Vítor caiu no sono da tarde, Mariza foi até a sala para conversar com Alfredo.

Para sua surpresa, o cunhado havia decidido que já não precisava de dois enfermeiros. Estava dispensando um deles. Ficaria apenas com o do turno da manhã, que o ajudaria no banho e nos cuidados íntimos. Sentia-se capaz de cuidar de si mesmo durante o resto do dia. À noite, pediria a ela ou a Suzana apenas que ajeitassem a roupa de cama, pois já conseguia sair da cadeira de rodas e se acomodar sozinho, tanto no sofá como na cama. Se quisesse ir ao banheiro, poderia usar a comadre e o bico de pato para urinar. Não incomodaria ninguém.

Não cabia a Mariza ir contra uma decisão do chefe da casa. Era ele quem pagava tudo, e ela sabia que a manutenção de dois enfermeiros se revezando custava muito dinheiro. Havia ainda o fisioterapeuta, que vinha três vezes por semana, também na parte da manhã. Achou estranho ele não ter conversado com Suzana sobre o que iria fazer, mas entendia que Alfredo estivesse dando seu grito de liberdade quanto àquilo que podia decidir sozinho.

42.

Suzana e Pedro Quintana reviveram em uma tarde todas as emoções acumuladas naqueles meses sombrios em que tinham vivido afastados. Suzana chorou várias vezes. Pedro perguntava por que ela estava daquele jeito, mas ela não conseguia responder, as lágrimas inundavam seu rosto e a emoção embargava sua voz. Murmurava apenas:

— Estou chorando porque pensei que nunca mais teria você de volta em meus braços. É muita emoção me sufocando. Não quero e não posso mais viver longe de você.

— Eu também não consigo viver longe de você, Suzana, mas temos que pensar em uma solução que não sacrifique nem você nem Pedro Vítor. Ele não tem culpa, não pode pagar pelos nossos erros.

— A que erros você se refere, Pedro? Amar um homem sem limites é cometer um erro? Não penso assim.

— Amar nunca será considerado um erro, mas amar a pessoa errada é um erro tremendo, e permitir a vinda de um filho, muito pior.

— Você está me acusando?

Pedro abraçou-a ternamente e disse baixinho, em seu ouvido:

— Estou acusando a mim por tudo que aconteceu. E, por favor, pare de chorar. Vou te amar pelo resto de minha vida, aconteça o que acontecer.

— Você está se culpando por tudo, mas se esquece de que

fui leviana, pois sou casada e devia ter pensado em meus dois outros dois filhos, que estão me odiando. Culpam-me até pelo AVC
do pai, como se tivesse ficado doente por estar sofrendo pelo que
fiz. Ninguém vai convencê-los do contrário. Continuarei sendo
uma megera e uma esposa desalmada. Já falaram para Mariza que
eu não presto, repetindo as palavras do pai.

— Eles vão crescer e pensar diferente. Filho homem não
fica contra a mãe em nenhuma situação. Pode acreditar!

— Queria acreditar, mas não posso. Somente a mãe é que
nunca fica contra um filho. Filho fica contra mãe até em favor de
sua mulher. Alfredo se fez de coitadinho e eles acreditaram.

Suzana e Pedro estavam tão sedentos de carinhos que se
esqueceram de que o dia já terminara. Quando se deram conta da
hora, vestiram-se apressadamente. Ela parou no primeiro ponto
de ônibus, deixou Pedro e voltou para casa, sabendo que haveria
uma tempestade.

Estava preparada. Não se curvaria, se Alfredo investisse
com impropérios. Estava cansada de tudo, disposta a enfrentar o
marido e os filhos. Mas nada do que previra aconteceu. A família
estava reunida na sala, vendo TV. Ninguém se virou para vê-la
nem respondeu ao seu boa-noite. Mariza foi para o quarto, levando Pedro Vítor no colo. Suzana a seguiu. Queria saber o que tinha
acontecido. Onde estava o enfermeiro?

Mariza acomodou o sobrinho no berço e relatou sucinta-
mente o que ocorrera. Suzana ficou pensativa por alguns momentos, enquanto a irmã a observava, tentando adivinhar onde ela
estivera. O rosto de Suzana denunciava sua felicidade, um sorriso
desenhava-se em seus lábios como há muito tempo não via. Era
evidente que fora amada intensamente. Suzana rompeu o silêncio:

— Quer saber aonde estive, não é?

Mariza foi cautelosa:

— Se você quiser contar...

— Fui vê-lo!

— Era o que eu imaginava.

— Você sabe me dizer por que Alfredo não fez um escândalo quando cheguei?

— Não, eu não sei. Mas gostaria muito de saber. Ele está muito estranho, e muito confiante também. Parece que está tramando alguma coisa.

— Não creio que esteja tramando nada. Está apenas fazendo o jogo dele, o de homem abandonado. A mim não convence, Mariza. Eu o conheço muito mais do que você imagina.

— Tomara que você esteja certa, mas eu não me arriscaria tanto. Seja mais discreta, Suzana. Não custa nada. Saia na hora em que ele estiver dormindo e volte logo para casa. É melhor assim.

— Acorda, Mariza! Alfredo está acabado e será um dependente o resto da vida. E a entrevista no hotel? Foi bem? Vai ser contratada como recepcionista bilíngue?

— Fui bem na entrevista, mas não esperei o resultado. Fiquei preocupada com o Pedro Vítor nas mãos da faxineira.

— O que a está preocupando? A faxineira também é mãe, e gosta do Pedro Vítor. Nunca notou?

A conversa mudou de rumo. Suzana estava agitada e não deu mais atenção às preocupações de Mariza, que logo saiu do quarto. Aprontou-se para dormir, pois sabia que sua irmã cuidaria dos sobrinhos e de Alfredo. Beijou Pedro Vítor e dormiu profundamente até o dia seguinte. Não percebeu que Alfredo veio até o quarto silenciosamente, deslizando na cadeira de rodas. Ficou olhando-a demoradamente e depois voltou à sala, antes que Mariza terminasse seu banho e também voltasse. Foi para o quarto e pediu à cunhada que o acompanhasse. Mariza admirou a agilidade de Alfredo, que não precisou de nenhuma ajuda para sair da cadeira e se ajeitar na cama, debaixo das cobertas. Agradeceu a seu modo:

— Obrigado por ter vindo. Eu sabia que não ia precisar, mas por precaução pedi sua presença. Pode ir dormir sossegada.

A rotina da casa sofreu uma mudança significativa. Somente na parte da manhã havia rebuliço no apartamento. O enfermeiro chegava às oito para cuidar de Alfredo e o fisioterapeuta às dez. Ao meio-dia, tudo parecia se acalmar. Os dois meninos iam para a escola às doze e trinta e Alfredo ia descansar na sala e ver o noticiário. Daí a meia-hora já estava dormindo, para só acordar às três da tarde, para fazer um lanche. Rodava pela casa, exercitando os braços no comando da cadeira de rodas. Ficava na varanda lendo jornal, ia à cozinha pegar um copo de água ou voltava à TV para ver um filme pelo resto da tarde.

A rotina era inalterável, o que deixava Suzana tranquila quanto a seus planos de rever Pedro Quintana. Mariza continuava aguardando notícias do hotel onde fizera a entrevista para ser recepcionista. Seria seu primeiro emprego. Torcia para que tudo desse certo. Estudara muito, esforçara-se para conquistar o título de proficiente em língua estrangeira e sentia-se preparada para desempenhar a contento a função para a qual se candidatara. Finalmente teria seu próprio dinheiro e seria dona de seu futuro. Estava cansada de depender da irmã e, indiretamente, de seu cunhado, a quem já devotara uma amizade sincera. Mas desde que soubera das humilhações sofridas pela irmã, fora invadida por uma ojeriza a Alfredo que a atormentava, pois chegara a desejar a morte dele. Rezava para afastar tais pensamentos, mas eles voltavam com força quando se lembrava de que o cunhado fora o motivo de todas as agruras que Suzana e o pequeno Pedro Vítor estavam vivendo. Seus sobrinhos, depois de ouvirem do pai que a mãe era uma "prostituta disfarçada de mãe amantíssima", tinham se tornado dois estranhos agressivos, e nem os carinhos da mãe aceitavam mais. Vira Suzana chorar muitas vezes ao ser rejeitada por eles. Conversara com o mais velho, o mais revoltado, mas ele estava irredutível. A influência dele sobre o irmão era completa, seria perda de tempo conversar. *Mas um dia tudo se ajeitaria* — pensou, contanto que Suzana ao menos mantivesse discrição em seus encontros com o pai de Pedro Vítor.

Enquanto esperava ansiosamente pelo resultado da entrevista, Mariza passava as tardes envolvida com as gracinhas de seu mais novo sobrinho, inventando desculpas para explicar onde Suzana estava quando Alfredo acordava do sono da tarde:

— Mas ela não disse aonde iria, Mariza? Saiu sem dizer nada?

— Quando ela chegar você pergunta, Alfredo. Suzana é assim mesmo. Não gosta que tomem conta de sua vida. O problema não é meu; é de vocês dois. Dá licença!

Mariza se refugiava em seu quarto com Pedro Vítor e só aparecia quando ouvia os gritos de Alfredo xingando Suzana, perguntando onde ela havia estado durante toda a tarde. Um inferno, era o que parecia virar o apartamento nesses momentos. A faxineira saía antes das cinco da tarde, dizendo que precisava pegar o filho na escola. Qualquer dia ela largaria o emprego, pois empregada doméstica tem medo de brigas de patrões.

Suzana não dava ouvidos às advertências de Mariza, e a cada dia parecia mais apaixonada pelo pai de Pedro Vítor. Quando recebeu a mensagem de que fora aceita no hotel como recepcionista, Mariza sentiu um alívio. Era o início de sua libertação daquela casa de malucos.

43.

A cerimônia de entrega dos diplomas aos formandos em Direito foi vista de longe por Pedro Quintana, sentado na última fileira do auditório. Quando ouviu seu nome ser chamado, fez de conta que não era com ele. Não pudera participar, mas não estava triste. Pegaria seu diploma de bacharel na secretaria da faculdade. A festa foi bonita, um ato cívico com discurso de paraninfo, de formando representando a turma, juramento solene e Hino Nacional. Nada disso impediria que metade fracassasse na carreira e a outra metade procurasse um emprego público, para ter segurança e continuar vivendo na mediocridade. Dos que restassem, reprovados em concursos públicos, alguns poucos ascenderiam na carreira, empolgariam os jurados no tribunal e emocionariam a plateia.

Não me tornarei mais um no time dos fracassados. Lutarei para obter reconhecimento de meu trabalho e merecer os honorários dos clientes de meu futuro escritório de advocacia. Há o Pedro Vítor e uma mulher apaixonada, torcendo por meu sucesso profissional — Pedro se consolou. Depois da cerimônia, telefonou para Suzana. Queria dizer-lhe o quanto ela fora importante em sua vida desde que a conhecera e o quanto era feliz por ser o pai de Pedro Vítor. Ouviu o telefone tocar com insistência, mas não obteve resposta. Ficou preocupado, pois sabia que ela estava esperando que ele ligasse para contar como havia sido a festa de formatura.

Voltou à pensão e novamente tentou falar com Suzana. Conferiu a hora: dez da noite. Não era muito tarde para insistir. Pensou em ir até o apartamento, mas chegaria lá quase à meia-noite. O trânsito estaria livre, mas depois das dez as empresas diminuem a quantidade de ônibus em serviço. Com tudo isso, movido por um forte sentimento de preocupação, pegou um ônibus para Ipanema. Quando chegou ao prédio onde Suzana morava eram onze horas. O porteiro interfonou. Sua entrada foi autorizada.

Encontrou Suzana na porta do elevador completamente transtornada. Não conseguia articular uma palavra. Abraçou Pedro Quintana. Chorava muito. O desespero era tão intenso que os soluços obstruíam a respiração, fazendo-a engasgar com espasmos cada vez mais fortes. Pedro Quintana pegou-a pelos ombros e a sacudiu fortemente, para que se controlasse. Suzana parou subitamente de chorar e olhou fixamente o rosto do amante. Pedro viu pânico e desespero em seus olhos quando ela apontou a porta do apartamento, semiaberta:

— Fuja daqui, pois já chamei a polícia. Matei Alfredo!

Pedro deixou-a e empurrou a porta. No meio da sala, ao lado da cadeira de rodas, tombada de lado, jazia o corpo de Alfredo com uma faca enterrada no peito. Recuou horrorizado com a cena e abraçou novamente a amante:

— Você enlouqueceu, Suzana?

— Acho que enlouqueci há muito tempo, mas para defender nosso filho eu o mataria novamente.

— Onde ele está? Aconteceu alguma coisa com o...

— Ele está bem, sem nenhum problema. Está com Mariza, os dois trancados no quarto. Vá embora, Pedro! Já chamei a polícia! Vão pensar que foi você.

— É isso mesmo que eu quero que pensem. Nosso filho não pode ficar sem sua presença. Informe à polícia o meu endereço.

— Vá embora antes que a polícia chegue! Vá embora! Pelo amor de Deus!

Suzana empurrou Pedro Quintana em direção à escada de serviço quando percebeu a sirene do carro de polícia e vozes alteradas na portaria. Pedro se esgueirou facilmente, pois os policiais e o porteiro tinham deixado a portaria desguarnecida. O carro de polícia estava com as luzes piscando, mas Pedro não viu ninguém dentro. Andou apressado em direção ao ponto de ônibus e entrou no primeiro coletivo que atendeu ao sinal de parada. Desceu em Botafogo e pegou outro ônibus em direção à pensão onde morava.

Foi preso de madrugada quando saía do banheiro. Não ofereceu resistência à prisão e confessou que desferira o golpe mortal no peito de Alfredo Dornelles Morenbaum, marido de sua amante. Não economizou detalhes do assassinato:

— Ninguém me ajudou. Planejei sozinho e executei a vítima com uma faca de cozinha que encontrei sobre a pia. Minha amante não conseguiu impedir, pois a ameacei também. Quanto à irmã dela, nada sei dizer. Acho que estava no quarto, trancada com meu filho, de nome Pedro Vítor. Não tive nenhuma dificuldade em adentrar o apartamento. O porteiro não me conhecia, mas permitiu que eu subisse. Suzana deu permissão, disse que queria me ver no corredor antes de dormir. Quando estava conversando com ela, o marido veio até a porta e começou a nos xingar. Senti-me ofendido e empurrei a cadeira de rodas para dentro do apartamento. Ela esbarrou no sofá e tombou de lado. Ele ficou estatelado no chão, mas continuou com suas ofensas, dizendo que não prestávamos, que éramos covardes, que mataria o "bastardinho" quando tivesse a oportunidade de pegá-lo em suas mãos. Ao perceber que meu filho corria perigo, fui à cozinha e peguei uma faca, que enterrei no peito do homem estendido no chão. Fiquei segurando firme pelo cabo até sentir que ele não se movia mais. Matei Alfredo para defender meu filho de apenas dez meses de idade. Não estou arrependido, pois entre a vida de um bebê e a de um homem velho e vingativo, qualquer um faria o mesmo, mesmo que não fosse o pai da criança.

Os policiais que ouviram o depoimento ficaram impressionados com a frieza do assassino e seu esmero com os detalhes. O delegado qualificou o crime como homicídio qualificado e dolo intenso. O Ministério Público ofereceu denúncia e Pedro foi a júri. Foi condenado por sete a zero pelo corpo de jurados. Não houve apelação diante do clamor público em desfavor do assassino.

Voltei a Belo Horizonte para conversar novamente com Pedro Vítor, nos sentamos em um banco no Parque Municipal, no centro da Capital mineira. A sombra era refrescante, e Pedro Vítor estava sereno. Sua fala era mansa. Havia poucos transeuntes, e tínhamos toda a privacidade de que precisávamos. Para fixar o tempo, informo que era 04 de abril de 2012. O dia estava ensolarado e o céu claro tinha poucas nuvens. A temperatura estava agradável, prenunciando um inverno mais frio que o de costume. Ele começou a falar.

Já conversamos sobre a minha angústia por não saber quem foi meu pai. Estou muito aliviado e doravante serei feliz, pois o mistério se desfez. Sou filho de Pedro Quintana Jardim, o homem que pagou por um crime que não cometeu. Minha mãe, Suzana, nunca me contou por que traiu meu pai. Acho que o motivo deve ter sido muito forte, daí o mistério e o segredo que ela levou para o túmulo. Minha tia, Mariza, foi confidente de minha mãe e certamente conheceu suas razões para procurar aventuras com desconhecidos. Mas como encontrar minha tia? Já pensei em viajar até a Espanha para procurá-la, mas não sei por onde começar, pois não tenho dinheiro para viajar.

Fiquei surpreso quando você me procurou para falar novamente sobre os acontecimentos que marcaram minha vida, sobre os quais já conversamos, com pormenores, há alguns meses. A impressão que tenho é que não acreditou muito no meu relato e está questionando alguns pontos que vou tentar esclarecer. Ao contrário do que escreveu, não afirmei que minha mãe matou Alfredo. Contei o que ouvi, e também o que disse meu pai quando o visitei na prisão. O que é importante na minha vida, daí a razão por que concordei em falar novamente, é saber quem era realmente meu pai.

Quanto às contradições apontadas em meu relato, lembro-me de que avisei que eu era um mentiroso contumaz e um profissional fracassado. Você concordou, mas insistiu em saber como eu soubera da morte de minha mãe. Em suas palavras, "fantasiosa demais, além de misteriosa".

Já se passaram muitos anos e ninguém vai querer reviver o que ocorreu. Por isso, posso contar o que aconteceu. Ao contrário do que falei, minha mãe morreu de excesso alimentar. Tinha se tornado diabética, mas não dava nenhuma importância aos conselhos de seu médico. Não fazia restrição a doces nem a qualquer outro alimento. O resultado foi que vivia sofrendo crises de hiperglicemia, o que a levava a desmaios frequentes. Eu sabia de todas as restrições, mas não conseguia negar-lhe suas barras diárias de chocolate, que ela devorava de bom grado. Ela se sentia muito solitária!

Via em seu rosto tanta tristeza que negar-lhe qualquer coisa seria o mesmo que aumentar-lhe a dor de viver, enclausurada naquele quarto, em frente à TV. Ela engordou de maneira tão acentuada que já não conseguia se levantar da cadeira nem da cama sem a ajuda de alguém. Enquanto viveu, eu não a deixava sozinha, a não ser quando viajava. Amenizei como pude as saudades que ela sentia de meu pai, que até então não podia acreditar que fosse Pedro Quintana. Até hoje não consigo entender qual a razão maior que a impedia de contar que fora mulher de Pedro. Tornara-se viúva, estava livre de qualquer segredo. Quando eu perguntava se a imprensa noticiara corretamente seu envolvimento com Pedro, ela desconversava: "Papel aceita tudo, Pedro Vítor. Disseram até que foi ele quem matou Alfredo, mas não era verdade". Eu sei que quando perguntava quem tinha sido o verdadeiro assassino ela dizia que até sabia, mas não podia contar. Desconfiei que pudesse ser Mariza, mas ela negou. Então foi a senhora? — eu perguntava. Ela apenas sorria em resposta. Minha mãe levou para o túmulo o nome do verdadeiro assassino, se acreditarmos no que dizia até o fim de seus dias: "Pedro Quintana é inocente".

Gostaria de parar por aqui, mas vejo que está contrariado por eu não ter falado nada sobre a morte de minha mãe. É verdade, não posso discordar. Mas é tão triste o que preciso contar que não sei se vale a pena, nem se alguém vai acreditar.

Todas as vezes que via minha mãe chorar, eu sentia vontade de chorar junto com ela. Nesses momentos, eu a abraçava e perguntava por que ela sofria tanto. Ela não respondia. Enxugava os olhos, forçava um sorriso e se recolhia a um mutismo que me angustiava tanto que eu pensava em acabar com a minha vida e com a dela. Mas onde encontraria coragem para o gesto extremo? Minha fuga do Rio de Janeiro, após a morte de minha mãe, foi para mascarar a dor e o remorso que me atormentam todas as noites. Sei que não adianta esconder de mim mesmo o que aconteceu.

Tramei tudo. Comprei passagem para o litoral do Nordeste e fui viajar. Preparei com antecedência uma caixa de bombons recheados de licor para que minha mãe não precisasse pedir à diarista para comprar. Ela comeu todos de uma vez. O veneno que eu coloquei no lugar do licor teve um efeito devastador. Minha mãe parou de sofrer na mesma hora.

Quanto a mim, vivo até hoje porque não tenho coragem de me matar. Pode contar isso para seus leitores. Dei cabo da vida de minha mãe de uma maneira reconfortante para mim. Eu a fiz feliz até seu último momento. Não sei se mereço castigo dos homens. Já estou pagando pelo meu crime. Suporto esta vida vazia, mas plena de dor, da qual não consigo me livrar.

PARTE III

44.

Mariza voltou exausta de seu primeiro dia de trabalho, mas inteiramente realizada. Sabia que não estava cansada por excesso de trabalho, que fluíra tranquilo e sem nenhuma alteração que a pudesse preocupar. Trabalhara nervosa e insegura, como se não dominasse os idiomas que estudara e nos quais se especializara. Um estranho medo de errar e de esquecer as palavras mais simples a atormentava todas as vezes que via um hóspede estrangeiro assomar à porta do hotel. No fim de seu turno, somou ótimos desempenhos e recebeu os parabéns do gerente geral. Voltou para casa leve e feliz.

Ao sair, fizera Suzana prometer que não se descuidaria de Pedro Vítor, pois a faxineira não estava, havia avisado que levaria seus filhos para vacinar. Os dois meninos tinham ido a uma excursão cultural promovida pelo colégio. Ficariam dois dias fora, perto de uma aldeia de índios, no litoral sul de São Paulo.

Suzana continuava se encontrando com o amante duas vezes por semana, apesar dos pedidos de Mariza para que fosse mais discreta. A irmã concordava em ficar com o sobrinho, a quem se apegara como se fosse um filho. Mas nas últimas semanas, enquanto esperava o resultado da entrevista, vinha observando Alfredo discretamente. Notara que ele estava muito interessado em se aproximar de Pedro Vítor. Quando via o menino engatinhar pela sala, movia a cadeira de rodas e ficava próximo da criança, como se quisesse brincar. Estendia e mão e punha o dedo indicador esticado para o menino pegar, se firmar nas perninhas e dar alguns passos.

Nesses momentos, Mariza corria imediatamente para afastar o sobrinho de Alfredo. Uma sensação de perigo a envolvia. Dava desculpas. Dizia que tinha medo de ele se machucar nas rodas da cadeira. Alfredo não dizia nada, só ficava olhando para Pedro. Ela conseguia ver no olhar do cunhado um viés de maldade em relação ao menino, a quem continuava chamando de "bastardinho", nome pelo qual seus irmãos também o tratavam. Mariza sofria, mas evitava contar a Suzana para preservar um pouco de harmonia na casa. Quando cumprisse o que considerava sua missão de apaziguar a casa, procuraria seu canto para viver sossegada. Merecia, pois para isso estudara com afinco. E agora conquistara seu primeiro emprego e ganhava seu sustento.

Ao se aproximar do prédio onde morava, Mariza apressou o passo. Estava escurecendo rapidamente e a rua estava ficando deserta. Cumprimentou o porteiro com um sorriso, perguntou como estava a esposa e subiu até o apartamento. Abriu a porta vagarosamente, como era de seu hábito, e parou estarrecida. Alfredo estava com Pedro Vítor suspenso no ar, visivelmente perturbado, socando a criança contra a lateral da cadeira de rodas com seu braço saudável.

Com a rapidez que suas pernas trêmulas conseguiram imprimir a seu corpo, avançou em direção ao agressor e puxou o menino da mão raivosa de Alfredo. Ele não se intimidou. Continuou segurando a criança pelas pernas e dando débeis socos no corpinho com a mão deficiente. Mariza deu um arranco mais forte, já abraçada ao sobrinho. Desequilibrou a cadeira, que virou de lado, jogando Alfredo no piso da sala. Ele tentou se erguer, mas caíra de costas para o chão. Seus esforços para se virar e se arrastar para a cadeira foram inúteis.

Mariza fugiu para o quarto à procura de Suzana. A irmã já se encontrava fora do chuveiro, enrolada em uma toalha de banho, alertada pelos gritos de seu filho, que chorava e tinha espasmos convulsivos. Tomou o filho nos braços para acalentá-lo. Mariza, transtornada pelo que acabara de acontecer, voltou à sala e viu que Alfredo continuava estatelado no chão, tentando rolar o corpo para ficar de bruços.

Olhou-o com desprezo. Foi à cozinha, pegou a faca de

lâmina fina, de desossar carne, e voltou à sala. Ajoelhou-se ao lado de Alfredo, empunhou-a com as duas mãos e desferiu um golpe certeiro no peito do cunhado, na direção do coração. O corpo de Alfredo estremeceu em convulsões descompassadas.

A agonia que precedeu sua morte durou pouco. Quando ela sentiu que o corpo se mantinha inerte, vendo que a boca continuava escancarada e os olhos permaneciam esbugalhados de terror, levantou-se e foi para o quarto da irmã, que continuava embalando o filho, ainda soluçando de pavor. Abraçou os dois, para consolá-los, e foi recostar-se na cama. Pausadamente, contou à irmã o que havia feito:

— Suzana, você e seu filho estão livres de um fardo que não conseguiriam suportar por muito tempo. Cometi um crime, mas não estou arrependida. Acabei com uma pessoa perversa e vingativa, que não lhes fará falta nenhuma. Matei seu marido, Suzana! Por favor, chame a polícia para me prender!

Suzana colocou o filho no berço e foi abraçar a irmã, que continuava recostada nos travesseiros. Mariza retribuiu o abraço ternamente. Não parecia abalada. Suzana tentava manter-se lúcida, mas um turbilhão de pensamentos inundava sua mente, turvando seu raciocínio lógico. Precisava manter a calma e pensar claramente, sem se deixar levar pela emoção e pelo desespero. Foi até a pia do banheiro e molhou o rosto várias vezes. Precisava de lucidez para encontrar uma saída e livrar sua irmã de responder pelo crime. Assumiria a culpa. Diria que tinha matado Alfredo em legítima defesa da vida de seu filho. Ele estava maltratando Pedro Vítor, com a clara intenção de matá-lo. Fizera o que qualquer mãe faria para tirar um filho das mãos de um assassino. Os jurados ficariam convencidos, e a julgariam com benevolência. O clamor público em favor de sua absolvição seria decisivo. Podia livrar-se de uma condenação severa.

Mariza a ouviu, mas não concordou. Havia suas digitais no cabo da faca e ela não resistiria a um interrogatório. Suzana disse que apagaria as digitais, sem retirá-la do peito do morto. O telefone particular de Suzana tocou com insistência, mas ela não atendeu. Sabia que era Pedro Quintana. Não conseguiria falar com ele naquele momento. Precisava acalmar-se primeiro, limpar o cabo da faca com cuidado e tecer uma boa história para contar à polícia.

Quando ouviu o interfone e autorizou a subida de Pedro, Suzana entrou em pânico novamente. Pediu a Mariza para não sair do quarto enquanto ela não tivesse resolvido tudo com a polícia. Conversaria com o pai de Pedro Vítor e assumiria que matara o marido. Não mencionaria o nome dela. Estava tudo decidido, não admitia que a irmã se apresentasse como assassina. Não permitiria jamais que assumisse a culpa, se responsabilizasse por atitudes que ela mesma tomara. Suportaria todas as consequências de seus atos, mesmo que para isso tivesse que amargar alguns anos na prisão.

Mariza, vencida pelas emoções e sem força para argumentar, acatou a decisão de Suzana.

45.

Após a morte de Alfredo e a condenação de Pedro Quintana como seu assassino, a casa de Suzana foi aos poucos voltando à normalidade. Os dois irmãos, sem o apoio do pai, deixaram de hostilizar o mais novo e nunca mais o chamaram de "bastardinho". Para Mariza foi um alívio não precisar mais de defender o sobrinho. Não existia amizade entre os dois irmãos e o caçula, mas tampouco havia nenhum gesto que denotasse a possibilidade de que viessem a agredi-lo fisicamente. Havia desprezo e outro tanto de despeito, pois todas as atenções das duas mulheres eram voltadas para Pedro, que crescia saudável e era muito simpático e sorridente.

Por causa disso, os dois irmãos tentaram se aproximar de Mariza, e, posteriormente, de Suzana, mas nunca passaram disso. Conversavam com a mãe e com a tia, mas faziam de conta que não viam Pedro Vítor. Este, por sua vez, passou também a ignorá-los. Quando se aproximavam, fazia questão de demonstrar forte indiferença. Assim, entre rusgas e afagos, os anos se passaram.

Um dia, receberam a notícia de que Mariza estava namorando e em breve iria se casar com um nobre espanhol. Foi por essa época que os irmãos mais velhos tomaram cada um o seu rumo, e Pedro Vítor ficou morando em companhia de uma mulher tristonha, acabrunhada, envelhecida precocemente. Por respeito aos filhos mais velhos, Suzana nunca foi visitar Pedro Quintana na prisão. Mas sempre pedia a Mariza que fosse vê-lo em seu lugar e lhe dissesse todas as vezes que ela continuava a amá-lo, que o amaria pelo resto de sua vida, que esperaria o tempo que fosse para recomeçarem suas vidas juntos, pois acreditava que ainda seriam felizes, e não se preocupava se fosse curto o tempo que teriam para se amarem depois que ele deixasse a prisão. O amor deles seria tão intenso que compensaria o tempo em que haviam estado separados.

Mariza prometia que transmitiria tudo o que a irmã sentia, mas nunca teve coragem de dizer nada a Pedro Quintana. Ela o encontrava sempre tão cabisbaixo e derrotado que não se atrevia a dar-lhe notícias sobre projetos de felicidade futura.

— Eu quero ser feliz agora! — ele disse, em um dos raros momentos em que saíra de seu mutismo.

Não retribuía o sorriso de Mariza quando chegava, e quando se despediam não mencionava o nome de Suzana. Apenas perguntava se Pedro Vítor estava crescendo, se tinha saúde e se estava feliz. Queria saber quando o filho poderia visitá-lo, mas prometia que nunca contaria que era seu verdadeiro pai. Pedro Quintana cumpriu sua promessa.

Depois que foi morar na Espanha, Mariza passou a escrever longas cartas para Suzana, nas quais contava que estava feliz, mas não conseguira ter filhos. Ela e o marido tinham procurado tratamento médico, mas acabaram desistindo depois de várias tentativas fracassadas. Eram felizes ao modo deles. Depois que o marido encerrou seus negócios na ilha foram morar em Barcelona, onde viviam tranquilos. Quando chegava o inverno, viajavam para lugares mais quentes, mas nunca pensaram em voltar ao Brasil.

Quando Suzana começou a sentir que sua saúde estava piorando, pediu a Mariza que ligasse. A partir de então, passaram a se comunicar por telefone, embora continuassem trocando cartas. Suzana nunca contou a Pedro Vítor por que Mariza tinha ido embora, nem que trocavam cartas e se falavam por telefone. Tinha receio de que o filho viesse a descobrir que Pedro Quintana pagara pelo crime cometido pela tia. Era um segredo que guardava com cuidado. Quando sentiu que o fim se aproximava, ligou para Mariza para se despedir.

Mariza não pôde vir ao Brasil ver a irmã com vida. Como o telefone tocava e não obtinha resposta, deduziu que Suzana havia falecido. Voltou ao Brasil poucos dias depois. Foi ao apartamento, do qual guardara a chave. Dirigiu-se ao quarto da irmã e relembrou tudo que haviam passado juntas e o segredo que as unira durante tantos anos. Remexeu as gavetas, onde encontrou todas as cartas que enviara, guardadas por ordem de chegada. Lá estava uma caixa de bombons, ainda envolta em papel de presente e um cartão de Pedro Vítor dizendo que deixava os bombons para que ela comesse e se lembrasse dele enquanto estivesse viajando. Como os bombons estavam velhos, embrulhou a caixa em folhas de jornal e jogou na lixeira do prédio. Não deixou vestígios no apartamento e não procurou por Pedro Vítor.

Foi ao médico de Suzana para saber a causa de sua morte. Fez isso porque o porteiro, que não a reconheceu, disse que Suzana havia sido envenenada. O médico que fizera a autopsia não confirmou a história do porteiro. Suzana morrera de complicações cardiovasculares, provocadas pela alta taxa de açúcar no sangue, evento comum e normalmente fatal em pessoas diabéticas.

46.

Os jornais populares de Belo Horizonte publicaram em manchetes de primeira página o estranho suicídio do advogado Pedro Vítor Pedregoso Morenbaum, que se enforcou com duas gravatas trançadas com barbante presas ao basculante do banheiro, aparentemente sem motivo. Deixou uma caixa de bombons recheados com licor e um cartão endereçado à sua mãe, que morava no Rio de Janeiro e já havia falecido há alguns anos.

No cartão havia apenas a palavra "Perdão" e sua assinatura, seguida da data de 8 de abril de 2012, domingo de Páscoa.

Esta obra foi composta em Adobe Garamond 12/14.
Impressa com miolo em offset 75g e capa em cartão 250g, por
Createspace/ Amazon.